BESTSELLERWORLDBOOK 04

도련님

나쓰메 소세키 지음 | 한은미 옮김

소담출판사

한은미

일본어 전문 번역가.
옮긴 책으로『태양의 유산』(1,2)『여성을 위한 그리스 신화』
『일본인 이야기』『나를 사랑하는 법』등 다수가 있다.

BESTSELLER WORLDBOOK 04

도련님

펴낸날 | 2003년 11월 25일 초판 1쇄
        2013년 2월 28일 초판 8쇄

지은이 | 나쓰메 소세키
옮긴이 | 한은미
삽화가 | 박관호
펴낸이 | 이태권
펴낸곳 | (주)태일소담
        서울시 성북구 성북동 178-2 (우)136-020
        전화 | 745-8566~7 팩스 | 747-3238
        e-mail | sodam@dreamsodam.co.kr
        등록번호 | 제2-42호(1979년 11월 14일)
        홈페이지 | www.dreamsodam.co.kr

ISBN 978-89-7381-781-8 03830

- 책값은 뒤표지에 있습니다.
- 잘못된 책은 구입하신 곳에서 교환해드립니다.

BESTSELLERWORLDBOOK 04

坊っちゃん

夏目漱石

나는 빨강셔츠 쪽이
나쁜 놈이라는 결론을 내렸다.
그가 나쁜 놈인지 확실히는 알 수 없으나
아무튼 좋은 놈은 아니다.
분명 겉과 속이 다른 인간이다.

坊っちゃん

차례

제1편 개구쟁이 시절

말썽꾸러기 도련님

타고난 악동 기질 때문에 어릴 적부터 나는 갖은 말썽을 다 부리고 다녔다. 초등학교 때 교실 2층에서 뛰어내리는 바람에 허리를 삐끗하여 일주일 가량 고생한 적도 있다. 왜 그런 무모한 짓을 하느냐고 묻는 사람이 있겠지만 딱히 이렇다 할 이유가 있는 것은 아니다. 새로 지은 교실 2층에서 밖을 내다보고 있는데 반 친구 한 놈이 다가오더니 농담조로 시비를 걸어 왔다.

"네 아무리 잘난 척을 해 봤자 여기서 뛰어내리지는 못할걸? 안 그래, 이 겁쟁이야!"

이렇게 놀리는 통에 저지른 일이었다.

학교 사환의 등에 업혀 돌아오는 나를 보고 아버지는 고작 2층에서 떨어졌는데 허리를 삐끗했냐며 눈을 부라리며 호통을 치셨다. 그래서 나는 이렇게 대꾸해 드렸다.

"다음부터는 허리를 삐지 않고 잘 뛰어내려 보이겠어요!"

하루는 친척한테서 외제 칼 한 자루를 선물로 받았다. 나는 자랑이 하고 싶어 친구들 앞에서 칼날을 햇빛에 요리조리 비추어 보이며 으스 댔다. 그랬더니 한 놈이 비아냥거리는 것이었다.

"번쩍거리기만 하지 어째 잘 들어 보이지는 않는걸?"

나는 또다시 오기가 발동했다.

"이 칼이 잘 안 들어 보인다고? 그럼 잘 봐! 내가 뭐든지 잘라 보일 테 니까!"

"그럼, 어디 네 손가락이나 한번 잘라보시지!"

나도 질세라 이렇게 말했다.

"이까짓 손가락 하나쯤, 내가 못 자를 줄 알고? 자, 잘들 보라고!"

나는 오른손 엄지손가락 등을 힘주어 비스듬히 그었다. 다행이 칼이 작고 엄지손가락 뼈가 단단했기에 별 탈 없이 지나갈 수 있었다. 그리 고 지금도 엄지손가락은 내 손에 단단히 잘 붙어 있다. 그러나 그때 생 긴 상처는 아마 평생토록 내 손에서 지워지지 않을 것이다.

우리집 마당에서 동쪽으로 스무 걸음쯤 가면 남쪽으로 비스듬하게 작은 채소밭이 있고, 그 한가운데에 밤나무가 한 그루 서 있다. 이 밤나 무는 내게 있어 목숨보다도 소중한 것이었다. 밤이 익어 밤송이가 쩍 하고 벌어질 무렵이면 나는 아침에 눈뜨기가 무섭게 뒷문 쪽으로 쪼르 르 달려가 떨어진 밤알을 주워 학교에 가져가 먹곤 하였다.

채소밭 서쪽으로 난 길은 '야마시로야(山城屋)'라는 전당포집 뜰과 이어져 있었다. 이 전당포집에는 간타로(勘太郎)라는 열서너 살쯤 된 아들놈이 있었는데 무척이나 겁이 많은 녀석이다. 겁쟁이 주제에 호시탐탐 우리집 밤나무를 노리더니 급기야 하루는 대울타리를 타넘어 밤을 훔치러 오는 것이 아닌가.

나는 저녁 무렵, 대문 뒤에 숨어 있다가 마침내 간타로 녀석을 붙잡고야 말았다. 빠져나갈 구멍을 놓친 탓인지 이 녀석은 막다른 골목에 몰린 쥐처럼 기를 쓰고 내게 덤벼들었다. 간타로는 나보다 두 살 더 많다. 겁쟁이 주제에 힘은 또 세다. 짱구 머리를 내 가슴팍에 들이대고 마구 밀어붙이는가 싶더니 그만 머리통이 내 통 넓은 소맷자락 속으로 쑥 들어가 버렸다. 내가 손을 마음대로 쓸 수가 없어 팔을 마구 흔들었더니 소맷자락 속으로 들어간 간타로의 머리도 좌우로 이리저리 흔들렸다. 참다못한 간타로는 급기야 내 팔을 물고 늘어졌다. 나는 너무 아픈 나머지 그를 울타리 쪽으로 밀어붙이고는 다리를 걸어 반대쪽으로 쓰러뜨렸다.

전당포집 뜰은 채소밭보다 여섯 자 가량 낮았다. 간타로는 울타리를 거의 절반 가량 덮치면서 윽, 하는 신음소리와 함께 자기네 집 쪽으로 거꾸로 처 박혔다. 간타로가 나가떨어지면서 내 한쪽 옷소매도 함께 뜯겨 나갔다. 그제야 비로소 내 팔이 자유로워졌다. 잃었던 한쪽 소매는 그날 밤 어머니가 전당포집에 사과하러 다녀오는 길에 되찾아 오셨다.

이 밖에도 나의 활약상을 다 열거하자면 끝이 없다. 한번은 목수집네

아들 가네(兼) 녀석과 생선 가게집 아들 가쿠(角)를 데리고 모사쿠(茂作)네 집 당근 밭을 쑥대밭으로 만들어 놓은 적도 있다. 당근 싹이 채 돋아나지 않은 곳에 짚이 깔려 있길래 우리 셋은 그 위에서 반나절 동안이나 씨름을 해댔다. 그 바람에 당근이 몽땅 짓밟혀 못쓰게 되고 만 것이었다.

어디 그뿐이랴? 어느 날은 후루카와(古川) 씨네 논물을 막아버리는 바람에 뒷수습하느라 곤혹을 치른 일도 있었다. 그것은 다름이 아니라, 땅 속 깊이 박아둔 죽순대를 타고 물이 솟아 나와 그 근방의 물을 대는 장치였던 것이다. 그 사실을 알 리 없는 우리는 돌과 나무토막을 물 속으로 마구 집어넣어 물이 나오지 않는 것을 확인하고는 집으로 돌아와서 저녁을 먹고 있었다. 그랬는데 어쩐 일인지 후루카와 씨가 벌겋게 상기된 얼굴로 고함을 치며 쫓아왔다. 모르긴 몰라도 돈을 물어주고 나서야 사태가 수습되었던 것 같다.

아버지는 자식인 나를 조금도 예뻐해 주지 않았고 어머니는 늘 형만 두둔했다. 아버지는 나를 볼 때마다 입버릇처럼 이렇게 말씀하셨다.

"이 녀석은 이 다음에 커서 변변한 사람 구실하기는 글렀어."

어머니도 질세라 옆에서 거들었다.

"얘는 커서 뭐가 되려고 이렇게 말썽만 피워대는 건지, 원……."

지당하신 말씀이셨다. 과연 그 말씀 그대로 보시다시피 나는 변변치 못한 놈으로 살고 있다.

어머니가 병환으로 돌아가시기 2, 3일 전의 일이었는데, 나는 부엌에

도련님 15

서 재주를 넘다가 부뚜막 모서리에 갈비뼈를 부딪혔다. 그때의 아픔이란 이루 말로 다할 수 없었다. 그런 나를 보며 어머니는 불같이 화를 내셨다.

"너 같은 놈은 꼴도 보기 싫다!"라고 하시는 바람에 나는 쫓겨나다시피 하여 친척집에 가 있게 되었다. 그리고 결국 그곳에서 어머니가 돌아가셨다는 기별을 받게 되었다. 나는 어머니가 그렇게 빨리 돌아가시리라고는 생각하지 못했었다.

'어머니가 그렇게 아픈 줄 알았더라면 좀더 얌전하게 굴걸……'

때늦은 후회를 하며, 나는 집으로 돌아왔다. 그런데 가뜩이나 속이 상한 내게 형은 다짜고짜 이렇게 말하는 것이었다.

"아 자식아, 너 때문에 어머니가 일찍 돌아가신 거야! 이 몹쓸 놈의 불효자 같으니라고."

그 말에 화가 치민 나는 형의 따귀를 올려붙였다. 이번에도 어김없이 나는 아버지한테 심한 꾸중을 들었다.

어머니께서 돌아가신 뒤로 나는 아버지와 형, 이렇게 셋이서 함께 살게 되었다. 형은 사업가가 되겠다면서 영어 공부를 열심히 하였다. 형은 천성이 계집애 같고 약삭빠른 구석이 있어서, 나와는 사이가 그다지 좋은 편이 아니었다. 그래서인지 우리는 열흘에 한 번꼴로 싸움질을 해댔다.

어느 날 형과 둘이서 장기를 두게 되었다. 형이 비겁하게 말을 써서 내가 난처해하자 재미있어 죽겠다는 듯이 놀려댔다. 나는 순간 울컥해서 손에 쥐고 있던 장기 말을 형의 이마를 향해 냅다 던져버렸다. 그러자 형의 이마가 터져서 피가 뚝뚝 흘러 내렸다. 형은 기회를 놓칠세라 그 사실을 아버지한테 일러 바쳤고 아버지는 내게 부자지간의 정을 끊어버리자며 으름장을 놓으셨다.

하녀 기요

나는 모든 것을 포기한 채 집에서 쫓겨날 각오를 하고 있었다. 그때 우리집에는 10년 가까이 일해 온 기요(淸)라는 하녀가 있었는데, 그녀가 아버지한테 나를 용서해 주라고 울면서 매달리는 바람에 아버지의 화가 겨우 풀렸다. 하지만 그때 나는 아버지가 별로 무섭지 않았다. 오히려 기요가 가엾다는 생각이 들었다.

우리집 하녀, 기요는 원래 명문가 집안의 자식이었는데, 구제도(도쿠가와 막부)가 붕괴되면서 집안이 몰락하는 바람에 남의 집살이를 하게 되었다고 했다. 그러니까 늙은 할멈인 셈인데 이 할멈이 어찌된 영문인지 나를 끔찍이도 아껴주었다. 참으로 알 수 없는 일이었다.

이따금씩 아무도 없는 부엌에서 기요는 내게, "도련님 성품은 대쪽같이 곧아서 좋은 성격이에요"라고 칭찬을 해 주곤 했다. 그러나 나는 그렇게 칭찬하는 기요를 정말이지 이해할 수 없었다. 정말 내 성격이 좋다면 기요 외에 다른 사람들도 나에게 잘해 주어야 마땅하지 않은가 말이다. 그래서 기요가 그런 말을 할라치면 나는 기요에게 이렇게 딱 잘라서 말했다.

"난 누가 내게 아첨하는 거 딱 질색이야."

그러면 기요는 한술 더 떠서 이렇게 말했다.

"그러니까 성격이 좋다는 거지요."

그렇게 말하면서 기요는 애정어린 표정으로 나를 바라보곤 했다.

어머니가 돌아가신 후부터 기요는 날 더욱 챙겨주었다. 이따금 자기 주머니를 털어 내게 떡이나 과자를 사 주기도 하고, 추운 겨울밤이면 몰래 사 둔 메밀가루로 메밀국수를 만들어, 국수 국물을 잠이 든 내 머리맡에 갖다 놓기도 했다. 어떤 때는 냄비우동까지 사 준 적도 있다.

음식뿐만이 아니었다. 노트와 연필은 물론 양말까지도 사 주었다. 한참 후의 일이기는 하지만 돈을 3엔(당시의 1엔은 지금의 3,500엔에 해당함)이나 빌려준 적도 있었다. 내가 빌려달라고 한 것도 아닌데 말이다. 어느 날인가 불쑥 내 방에 들어오더니 용돈이 궁할 테니 쓰라고 돈을 내미는 것이었다. 나는 물론 필요 없다고 거절했다. 그러나 하도 받아두라고 고집을 부리는 통에 하는 수 없이 빌리기로 하고 받아두는 척했지만 속으로는 쾌재를 불렀다.

그런데 그 돈을 지갑에 넣어 품속에 안고 화장실에 갔다가 그만 밑으로 빠트리고 말았다. 할 수 없이 어기적거리며 걸어 나와 기요에게 사실대로 말했다. 그랬더니 기요는 부리나케 대나무 막대기를 구해 와서 건져주겠노라고 대답했다. 잠시 후 우물가에서 좍좍 물소리가 나서 나가 보았더니 똥통 속에서 대나무 막대기로 건져낸 지갑을 막대기 끝에 걸쳐놓은 채 씻고 있었다. 그런 후에 1엔짜리 지폐가 어떻게 되었는지 궁금해서 지갑을 열어 보았더니 지폐가 누렇게 변해 무늬까지 흐릿해져 있었다. 기요는 그 돈을 화롯불에 말린 후에 내 앞에 내밀었다.

"이만하면 되었지요?"

나는 냄새를 맡아보았다.

"어휴, 구린내가 나잖아!"

"그럼 이리 주세요. 바꿔서 갖다 드릴 테니까요."

그렇게 말하더니 어디서 무슨 수를 썼는지 지폐 대신 은화 3엔을 가지고 왔다. 나는 그 돈을 어디에 썼는지 기억하지 못한다. 또 기요에게 곧 갚겠다고 말해 놓고 갚지도 못했다. 이제 와서 그 열 배로 갚아주고 싶어도 지금은 갚을 길이 없어지고 말았다.

기요는 늘 아버지나 형 몰래 내게 무언가를 주었다. 그러나 나는 남의 눈을 속여 가며 나 혼자 덕 보는 것이 싫었다. 물론 형과는 사이가 좋지 않았지만 그렇다고 형 몰래 기요한테서 과자나 색연필을 받는 것이 그리 즐겁지만은 않았다. 그래서 나는 기요에게 물어보았다.

"왜 형은 안 주면서 나한테만 주는 거야?"

그러자 기요는 시치미를 뚝 떼고 얘기했다.

"형은 아버님이 사 주시니까 괜찮아요."

이건 뭔가 이상했다. 아버지는 완고한 분이기는 하지만 우리를 그렇게 편애할 사람은 아니었다. 그러나 기요에게는 그렇게 보였었나 보다. 기요는 분명히 나를 향한 지독한 사랑에 빠진 것이 틀림없었다. 지체 높은 명문가 집안 출신이라고는 하지만 제대로 배운 것이 없는 노인네라 어쩔 수가 없었나 보다.

그뿐만이 아니었다. 편애란 참으로 무서운 것이다. 기요는 내가 장래에 출세하여 훌륭한 사람이 될 것이라고 굳게 믿고 있는 듯했다. 그런가 하면 열심히 공부만 하는 형에 대해서는 허여멀건해서 아무짝에도 쓸모없을 것이라고 혼자서 단정을 지어버렸다. 이런 고집불통 할멈을 누가 당해낼 수 있단 말인가! 자기가 좋아하는 사람은 반드시 훌륭한 사람이 되고 싫어하는 사람은 별 볼일 없다고 믿고 있다니.

나는 그때까지만 해도 커서 특별히 무엇이 되고 싶다는 생각이 없었다. 하지만 기요가 내가 훌륭한 사람이 된다, 된다, 하고 부추기는 바람에 그래도 나는 뭔가가 될 것이라는 생각을 막연하게나마 가지게 된 것 같다. 그래서 하루는 기요에게 물어보았다.

"나는 이 다음에 어떤 사람이 되어 있을까?"

기요도 딱히 생각해 본 적이 없는지 막연히 이런 대답만 했다.

"기사 딸린 자가용차를 굴리면서, 으리으리한 대문이 달린 저택에서 사실 거예요."

게다가 기요는 내가 집이라도 장만해서 독립하게 되면 나와 함께 살 생각까지 하고 있었다.

"어디에 가시든지 절 데려가 주셔야 해요."

기요가 어찌나 그 말을 되풀이하는지 나도 괜히 집을 장만하게 될 것 같은 생각이 들어 그러마고 대답을 해두었다. 그러나 그칠 줄 모르는 기요의 상상력은 계속 이어지고 있었다.

"도련님은 어디가 좋으세요? 고지마치(麴町), 아니면 아사부(麻布)? 마당에는 그네를 매달아요. 그리고 응접실은 하나면 충분해요."

기요는 혼자 멋대로 세운 계획을 늘어놓았다. 그때만 해도 난 집 같은 것은 갖고 싶은 생각이 없었다. 양옥이든 전통 가옥이든 전혀 필요성을 느끼지 못했으므로 기요가 그런 말을 할 때마다 나는 싫다고 대답을 했다. 그러면 기요는 내가 욕심이 없는 깨끗한 마음을 가졌다면서 또 칭찬해 주었다. 이런 식으로 기요는 내가 무슨 말만 하면 늘 칭찬으로 답했다.

어머니가 돌아가시고 5, 6년 간 내 생활에는 큰 변함이 없었다. 아버지한테는 때마다 꾸중을 들었으며, 형과는 여전히 싸움을 해댔다. 기요는 내게 틈틈이 과자를 주었으며 칭찬하기를 잊지 않았다.

나는 특별히 바라는 게 없었기에 이런 현실에 만족하며 지냈다. 다른 아이들도 나와 크게 다를 바가 없을 것이라고 생각했다. 단지 기요가 무슨 일이 생길 때마다, '불쌍한 우리 도련님' 타령을 하는 바람에 나는 내가 그저 불쌍하고 불행한 처지려니, 하고 생각했다. 그것 외에는 별다른 문제가 없었다. 다만 한 가지, 아버지가 용돈을 주지 않는 것에는 나도 두손들고 말았다.

홀로서기

　어머니가 돌아가신 지 6년째 되는 정월에 아버지마저 뇌졸중으로 돌아가셨다. 그해 4월에 나는 사립학교를 졸업했고, 6월에 형은 상업학교를 졸업했다. 형은 취직한 회사의 규슈(九州) 지점에 자리가 나서 그곳으로 떠나야 했고, 나는 도쿄(東京)에 남아 학업을 계속해야 했다. 형은 집을 팔아 재산을 정리한 후에 부임지로 떠나겠다고 말했다. 나는 마음대로 하라고 했다. 어차피 형 신세를 질 생각은 추호도 없었다. 설사 형이 날 돌봐준다고 해도 둘이서 싸우게 될 것이 불 보듯 뻔했다. 그렇게 되면 형도 마음이 편치는 않을 것이다. 어정쩡한 보살핌을 받으며 형에게 기죽어 사느니 차라리 우유배달이라도 해서 먹고 살겠다고 마음을 굳게 먹었다.

　형은 고물상을 불러다가 조상 대대로 물려받은 잡동사니를 헐값으로 팔아 넘겼다. 집은 어떤 사람의 주선으로 어느 부자에게 넘겨졌다. 이때 형은 상당한 액수를 받은 모양이지만 자세한 내용은 모른다. 왜냐하면 나는 한 달 전부터 임시로 간다(神田)의 오가와 마치(小川町)에서 하숙을 하고 있었기 때문이다.

기요는 수십 년을 살아온 집이 남의 손에 넘어간 것을 못내 아쉬워했지만 자기 집이 아니니 어쩔 수 없는 일이었다. 형과 나는 이렇게 제각기 갈 길이 정해졌지만, 정작 문제는 기요의 거처였다. 형은 물론 데려갈 처지가 못 되었지만 기요 역시 형을 따라서 규슈 촌구석까지 따라갈 생각은 애당초 없는 것 같았다. 그렇다고 다다미 4장 반 넓이의 싸구려 하숙집에 틀어박혀 있는 내 처지는 어떤가? 그것조차도 여차하면 방을 빼줘야 하는 형편이었다. 하는 수 없이 나는 기요에게 물어보았다

"어디 남의 집살이라도 할 생각이야?"

그러자 기요는 결심이 선 듯 말했다.

"도련님이 집을 장만하고 결혼을 하실 때까지는 어쩔 수 없이 조카의 신세를 져야겠지요."

기요의 조카는 법원에서 서기로 근무하고 있는데 비교적 생활에 여유가 있어 기요에게 함께 살 것을 이미 몇 번이나 권한 바 있었다. 하지만 그때마다 기요는 비록 남의 집살이지만 오랫동안 살아서 정든 집이 더 좋다며 번번이 거절을 해온 터였다.

하지만 이제는 사정이 달라지고 보니, 낯선 집에 새로 들어가서 쓸데없이 눈치를 보며 살기보다는 조카 신세를 지는 편이 낫다고 생각한 모

양이었다. 그래도 여전히 나에게 빨리 집을 장만하라는 둥, 장가를 가라는 둥, 와서 돌봐주겠다는 둥, 참견하는 것을 보면 피붙이인 조카보다도 생판 남인 내가 더 좋은 모양이었다.

형은 규슈로 떠나기 이틀 전에 하숙집에 찾아와서 돈 600엔을 내놓으며 이 돈으로 장사 밑천에 대든지, 학비로 쓰든지 마음대로 해도 좋다고 말했다. 그 대신 더 이상의 도움은 줄 수 없다고 잘라 말했다.

그까짓 600엔쯤 없어도 살 수는 있겠지만, 지금까지 형이 한 행동으로 미루어 볼 때 드물게 기특한 처사였으므로 나는 감사히 받아두기로 했다. 그러고 나서 형은 50엔을 더 내놓으며 기요에게 전해 주라고 하기에 이번 역시 두 말 않고 받아두었다. 그리고 이틀 후에 신바시(新橋) 역에서 형과 헤어진 후로는 두 번 다시 만나지 못했다.

나는 자리에 누워서 600엔을 어떻게 사용할지에 대해서 궁리하기 시작했다. 장사는 귀찮다는 생각도 들고 잘 될 것 같지도 않았다. 게다가 600엔은 장사 밑천으로는 어림도 없는 돈이었다. 설령 장사를 한다 해도 지금 나에게는 내세울 학벌이 없으므로 결국 손해 보는 장사만 할 것이 뻔했다. 그래서 장사 밑천으로 쓰는 것은 그만두고 학비로 쓰기로 하였다. 600엔을 3등분하여 일년에 200엔씩 사용한다면 3년 간은 공부를 할 수 있을 것이다. 3년 간 열심히 한다면 뭐든 될 수 있다는 생각이 들었다.

그런 다음 어느 학교에 다닐 것인지 생각해 보았으나 나는 원래 공부와는 인연이 멀었다. 더구나 어학이나 문학 쪽으로는 타고난 재주가 더

더욱 없었다. 시(詩) 같은 것을 읽게 되면 스무 줄 가운데서 단 한 줄도 이해하기 힘들었다. 어차피 공부에는 뜻이 없었기 때문에 무엇을 선택하든지 상관이 없었다.

그런데 우연히 물리학부 앞에 붙은 학생모집 광고를 보고는 뭔가 특별한 인연이라는 생각이 들어 서류를 작성하여 그대로 입학 수속을 해 버렸다. 지금 생각해 보면 이것도 타고난 덜렁쇠 기질 때문에 일어난 실수였다.

3년 간은 남들만큼 공부를 한다고 했으나 워낙 공부에 소질이 없는 탓인지 석차는 늘 뒤에서 세는 편이 빨랐다. 그러나 신기하게도 3년이 지나자 결국 졸업을 하게 되었다. 스스로가 생각해도 의아할 정도였으나 그렇다고 특별히 마다할 이유는 더더욱 없었기에 군말 없이 졸업장을 받아두었다.

졸업

졸업한 지 여드레 되는 날에 교장의 호출이 있었다. 무슨 일인가 싶어 가 보았더니 시코쿠(四國)에 있는 중학교에 수학 교사 자리가 났다는 것이다. 월급은 40엔인데 갈 의향이 있느냐고 물어왔다. 3년 동안 공부는 했지만 솔직히 말하면 나는 교사가 될 생각도 시골로 가고 싶은 마음도 없었다. 그러나 교사 이외에 뚜렷이 되고 싶은 것도 없었기 때문에 교장의 말을 듣고는 그 자리에서 승낙을 하고 말았다. 또다시 나의 덜렁쇠 기질이 고개를 드는 순간이었다.

일단 승낙한 이상 부임지로 떠나야만 했다. 태어나서 지금까지 도쿄를 벗어나 본 적이라고는 학교에서 반 아이들과 가마쿠라(鎌倉)로 소풍을 갔을 때뿐이다. 그러나 이번에는 가마쿠라 정도가 아니었다. 그곳보다 훨씬 더 먼 곳으로 떠나야 했다. 지도를 보니 바늘구멍만큼 자그

마한 바닷가 마을이었다. 결국 변변한 곳은 아닌 것 같았다. 그곳이 어떤 마을이며 어떤 사람들이 살고 있는지 지금 나로서는 알 도리가 없다. 아니 안다고 해서 달라질 것은 없다. 그냥 떠나면 되는 것이다. 그러나 솔직히 조금 귀찮다는 생각은 든다.

집을 정리하고 난 후엔 가끔씩 기요가 사는 집에 들렀다. 기요의 조카는 의외로 괜찮은 사람이었다. 내가 갈 때마다 반갑게 맞으며 대접해 주었다. 기요는 날 앉혀놓고 조카에게 내 칭찬을 잔뜩 늘어놓곤 했다. 졸업하게 되면 머지않아 고마치(麴町) 부근에 집을 사서 관공서에 취직하게 될 것이라는 식의 허풍을 떨기도 했다. 자기 마음대로 정해 놓고 혼자서 떠들어대는 바람에 정작 당사자인 난 무안해서 얼굴이 빨개질 정도였다. 그것도 한두 번이 아니었다. 그러다가 느닷없이 어린 시절 내가 요에 오줌을 싼 이야기까지 끄집어내는 통에 난 두손 두발 다 들고 말았다. 기요의 조카는 어떤 마음으로 기요가 늘어놓는 나의 자랑 아닌 자랑을 듣고 있었을까? 그 생각을 하면 얼굴이 다 화끈거린다.

기요는 옛날 사람이라서 그런지 자신과 나의 관계를 마치 저 막부(幕府) 시절의 주인과 종쯤으로 여기고 있는 것만 같다. 그래서 자기 조카에게까지 내가 주인이 된다고 착각하는 모양이었다. 그야말로 조카의 꼴이 우습게 되고 말았다.

드디어 시코쿠로 떠나는 날이 하루하루 다가오고 있었다. 나는 떠나기 사흘 전에 기요를 보러 갔는데, 북향으로 난 다다미 세 장 크기의 방에서 감기로 앓아 누워 있었다. 그녀는 나를 보더니 얼른 일어나 앉아서 하는 말이 언제 집을 장만하느냐는 것이었다. 기요는 내가 졸업만 하면 돈이 저절로 주머니에 흘러넘칠 것으로 알고 있는 듯했다. 그토록 대단한 사람을 붙들고 왜 지금껏 도련님이라고 부르며 어린애 취급을 하고 있는지 모를 일이다.

　내가 시골로 발령을 받아 내려가기 때문에 당분간은 집을 장만하지 못할 것이라고 하자 몹시 실망하는 표정으로 희끗희끗한 귀밑머리를 자꾸만 쓰다듬었다. 나는 너무 안쓰러운 생각이 들어 그녀를 안심시킬 요량으로 가도 금방 돌아올 것이며, 내년 여름방학에는 꼭 오겠노라고 말했다. 그래도 여전히 미심쩍다는 얼굴을 하고 있기에 선물을 사올 테니 무엇이 갖고 싶은지 물어보았다. 그랬더니 에치고(越後)의 명물인 갈엿(떡갈잎으로 싼 엿—역주)을 먹고 싶다고 말했다. 처음 들어 보는 엿 이름이거니와 결정적으로 에치고는 내가 가는 곳과는 전혀 방향이 다른 곳이었다.

　내가 가게 되는 시골에는 그런 엿이 없을 것이라고 말했더니 그곳이 어디냐고 물었다. 서쪽이라고 말하자 이번에는 하코네(箱根) 지나서인지 못 미처인지 물었다. 나는 여간 난감한 것이 아니었다.

　출발하는 날에는 기요가 아침부터 찾아와서 이것저것 챙겨주었다. 오는 길에 가게에 들러 사온 칫솔이랑 치약이랑 수건을 사서 내 천가방에 찔러주었다. 필요 없다고 말해도 막무가내였다. 인력거를 타고 역 앞에 도착해 플랫폼에 서서 기차에 오른 내 얼굴을 하염없이 바라보며 기요가 말했다.

"이게 마지막이 될지 모르겠어요, 도련님. 부디 몸 건강하세요."

목메인 소리로 울먹이며 자그마한 목소리로 말했다. 눈에는 눈물이 글썽글썽 고여 있었다. 난 울지는 않았지만 하마터면 눈물이 쏟아질 뻔했다. 기차가 움직이기 시작해서 이제는 갔겠지, 하고 차창 밖으로 고개를 빼고 돌아보니 아직도 그 자리에 기요가 서 있었다. 왠지 기요의 모습이 무척이나 작게 느껴졌다.

제2편 선생님이 된 도련님

시코쿠의 중학교

증기선이 뚜~, 하고 기적을 울리며 멈춰 서자 부둣가에서 거룻배가 다가왔다. 사공은 벌거벗은 몸뚱이에 빨간 훈도시(남자의 국부를 가리는 폭이 좁고 긴 천—역주)만 하나 달랑 차고 있었다. 그 볼썽 사나운 모습을 보니 상놈들이 사는 동네가 틀림없는 것 같다. 하기야 이런 더위에 옷을 다 갖춰 입을 수는 없을 테지만 말이다.

강렬한 햇볕에 반사되는 바닷물이 유난히 반짝거려 쳐다보기만 해도 눈이 부실 정도였다. 승무원에게 물어보니 나는 이곳 미쓰하마(三津浜)에서 내려야 한다고 일러주었다. 사람을 무시해도 유분수지, 나를 어떻게 보고 이런 곳에 보낸단 말인가, 하는 생각이 들었지만 달리 방법이 없었다. 나는 기세 좋게 제일 먼저 거룻배 안으로 뛰어들었다. 대여섯 명 정도가 뒤따라 들어왔고 커다란 상자를 네 개쯤 실은 후에 빨간 훈도시를 입은 사공은 다시 노를 저어 부둣가로 돌아왔다.

부둣가에 거룻배가 닿았을 때에도 난 맨 먼저 육지로 뛰어올라왔다. 그리고는 해변가에서 놀고 있던 코흘리개를 붙잡고는 대뜸 중학교가 어디냐고 물었다. 녀석은 얼빠진 표정으로 모른다고 대답했다.

'손바닥만한 동네에 살면서 중학교가 어디에 있는지도 모르다니 멍청한 시골뜨기 같으니라고……'

그때 마침 이상한 통소매 옷을 입은 사내가 다가와서 자기를 따라오라고 했다. 그를 따라 갔더니 미나토야(港屋) 라는 여관으로 데리고 갔다. 여관에 들어서자 "어서 오세요!' 하는 여자들의 간드러진 목소리가 너무 불쾌하고 꺼림칙하여 들어가기가 싫었다.

나는 문간에 서서 중학교를 가르쳐 달라고 했다. 그랬더니 중학교는 여기서 기차로 한 8킬로미터 정도를 더 가야 한다는 것이었다. 그 소리를 들으니 더더욱 여관 안으로 들어가기가 싫어졌다. 그래서 난 그 통소매 사내가 들고 있던 내 가방을 냉큼 낚아채고서 성큼성큼 그곳을 걸어 나와버렸다. 여관 사람들이 나를 이상한 표정으로 쳐다보았다.

기차역은 바로 찾을 수 있었다. 차표도 수월하게 구했다. 기차에 올라타고 보니 완전히 성냥갑 기차였다. 이리저리 밀리며 5분 정도를 갔나 보다. 그랬더니 벌써 목적지에 도착했다는 것이다. 차표가 3전으로 어쩐지 싸다 싶었다. 역을 빠져나와서 인력거를 잡아타고 마침내 중학교에 도착했다. 기껏 고생하면서 찾아왔더니 수업은 이미 다 끝난 후라 아무도 없었다. 숙직 선생은 볼일이 있어 잠시 나갔다고 사환이 일러주었다. 참으로 속 편한 숙직도 다 있구나 생각했다.

교장에게 인사라도 하고 갈까 생각했지만 너무 피곤해서 다시 인력거에 올라탔다. 인력거꾼에게 여관으로 안내해 달라고 부탁하니 기세 좋게 달려서 야마시로야(山城屋)라고 하는 여관에 데려다 주었다. 전당포를 하던 간타로 네 가게와 똑같은 이름이라 왠지 재미있다는 생각이 들었다.

여관 종업원은 나를 계단 밑에 있는 좁고 어두컴컴한 방으로 안내했다. 그 방은 너무 더워서 도무지 그냥 앉아 있을 수가 없을 정도였다. 그래서 방이 마음에 안 든다고 했더니 공교롭게도 빈방이 없다고 하면서 내 가방을 내팽개치듯 내려놓고는 나가버렸다. 나는 할 수 없이 방으로 들어가 땀을 뻘뻘 흘리며 참고 있었다. 잠시 후에 목욕물을 받아 놓았다고 해서 그길로 뛰쳐나가 욕탕 속으로 텀벙, 뛰어들어갔다.

목욕을 끝낸 후, 방으로 돌아오는 길에 둘러보니 시원해 보이는 방들이 여러 개 비어 있는 것이 아닌가. 괘씸한 놈들이 내게 거짓말을 한 것이다. 잠시 후에 여종업원이 밥상을 들고 왔다. 어디서 왔느냐고 묻길래 도쿄에서 왔다고 대답했다.

"도쿄는 좋은 곳일 테지요?"

"물론이지."

잠시 후 종업원이 상을 물리고 부엌으로 나가자 부엌 쪽에서 커다란 웃음소리가 들려왔다. 나는 따분한 나머지 바로 자리에 누워 잠을 청했지만 좀처럼 잠이 오지 않았다. 덥기도 한데다가 시끌벅적했다. 전에 있던 하숙집보다 다섯 배는 더 시끄러웠다. 그러다가 깜빡 잠이 들었는데 기요의 꿈을 꾸었다. 기요가 에치고의 명물인 갈엿을 먹고 있었는데 그 엿을 싼 잎사귀까지 우적우적 씹어 먹고 있었다. 잎사귀는 해로우니까 먹지 말라고 했더니 오히려 잎사귀가 약이라며 맛있게 먹었다. 하도 어이가 없어 "하하하!" 하고 크게 웃는 바람에 잠이 깼다. 종업원이 덧문을 열고 있었다. 날은 여전히 찜통 속처럼 무더웠다.

여행을 하면서 여관에 묵으면 반드시 팁을 주어야 한다는 말을 들은 적이 있다. 팁을 주지 않으면 푸대접을 받는다고 한다. 이렇게 비좁고 칙칙한 방으로 안내된 것은 아마도 팁을 주지 않았기 때문이라는 생각이 문득 들었다. 초라한 행색을 한데다 천가방에 너덜너덜한 우산을 들고 있었으니 오죽하랴 싶기도 했다.

나는 속으로, '시골뜨기 주제에 사람을 얕보았겠다. 팁을 줘서 입이 떡 벌어질 정도로 한번 놀래켜 줘야지' 하고 생각했다. 이래봬도 30엔 정도는 가지고 있다. 도쿄를 떠날 때 학비를 충당하고 남은 돈이다. 기차와 뱃삯과 기타 잡비를 제하고도 아직 14엔 정도가 남아 있다. 그 돈을 팁으로 다 준다고 해도 앞으로 월급을 받게 될 테니까 문제없다. 촌사람들은 인색해서 5엔만 주어도 놀라서 눈이 휘둥그레질 것이다.

다음날 아침, 어떡하나 보려고 나는 시치미를 뚝 떼고서 세수를 한 후 방으로 돌아가서 종업원이 오기를 기다렸다. 어젯저녁에 시중을 들던 종업원이 밥상을 들고 왔다. 쟁반에 받쳐 밥 시중을 들면서 필요이상으로 히죽거리고 있다. 정말 버르장머리 없는 계집이다. 식사 후에 주려고 했는데 나는 부아가 치밀어 도중에 5엔짜리 한 장을 꺼내어 건네주면서 말했다.

"자, 이걸 카운터에 갖다 주게."

종업원은 의외라는 표정을 지었다. 그런 후에 식사를 마치고 곧장 학교로 갔다. 구두는 닦아 놓지 않았다. 학교는 어제 인력거를 타고 가 보았기 때문에 대충 위치를 알고 있었다. 사거리를 두세 번 돌아가니 바로 학교 정문이 나왔다. 도중에 교복을 입은 학생들을 많이 만났는데 모두가 이 문으로 들어가고 있었다. 학생 중에는 나보다 키가 더 크고 힘이 세 보이는 녀석도 있었다. 그런 녀석들을 가르쳐야 된다고 생각하니 어쩐지 꺼림칙한 기분이 들었다.

명함을 보여주자 나를 교장실로 안내해 주었다. 교장은 검은 얼굴에 눈이 크고 수염이 듬성듬성 난, 영락없는 너구리상의 남자였다. 그는 지나칠 정도로 거드름을 피웠다. 아무쪼록 잘 가르쳐달라는 당부의 말과 함께 큰 도장이 찍힌 임명장을 정중하게 건네주었다.

그러면서 교장은 지금부터 교직원들을 소개시켜 줄 터이니 그 사람들에게 일일이 그 임명장을 보여주라고 일러 주었다. 그런 쓸데없는 수고를 하느니 차라리 그 임명장을 사흘 간 교무실에 붙여 놓는 것이 더 낫지 않을까 싶었다.

교직원들이 모이려면 첫 수업 시간을 마치는 벨이 울려야만 한다. 그때까지는 시간적 여유가 조금 있었다. 교장은 시계를 꺼내보더니 이야기를 시작했다.

"차차 얘기하게 되겠지만 우선 돌아가는 사정을 대충을 알아야겠기에……"로 시작하여 교육자의 정신 자세에 대한 장황한 연설로 이어졌다. 나는 물론 건성으로 듣고 있었지만 듣다 보니 이곳이 호락호락한 곳이 아니라는 생각이 들게 되었다. 교장의 말대로는 도저히 따를 수가 없을 것 같았다.

나처럼 덜렁대는 사람에게 학생들의 모범이 되라고 하질 않나, 모두가 존경할 수 있는 본보기를 보이라질 않나, 학문 외에도 개인적인 덕을 베풀지 않으면 교육자가 될 자질이 없다는 등 엄청난 요구를 마구 해대는 것이었다.

그토록 잘난 사람이 고작 월급 40엔을 받고 이런 촌구석까지 올 리가 없지 않은가 말이다. 인간이란 대개 비슷해서 누구라도 화가 나면 싸우게 마련이라고 생각하고 있었지만 이때만큼은 입도 뻥긋 못할 분위기였다. 마음대로 돌아다닐 수도 없는 상황이었다.

이토록 어려운 자격을 요구하는 자리라면 채용하기 전에 미리 알려주기라도 했어야 옳은 게 아닌가. 나는 거짓말은 못하는 성미라 어쩔 도리가 없었다. 속은 셈치고 단념하여 이쯤에서 거절하고 돌아가리라고 생각했다. 여관에 5엔 준 것을 제하자 지갑 속에는 9엔하고 몇 십 전밖에 남지 않았다. 9엔으로는 도쿄까지 돌아갈 수 없다. 팁 같은 건 주지 말았어야 했다. 쓸데없는 짓을 하고 만 것이다. 그러나 9엔 가지고도 할 수 있는 일이 많다. 전혀 희망이 없는 것은 아니다. 여비로는 모자라지만 거짓말을 하는 것보다는 낫다고 생각했다.

　나는 도저히 교장 선생님 말씀대로 할 자신이 없으니 임명장을 돌려드리겠다고 말씀드렸다. 그랬더니 교장은 너구리 같은 눈을 깜빡거리며 내 얼굴을 빤히 보고 있다가 입을 열었다.

　"지금 내가 한 말은 어디까지나 희망사항이며 선생께서 그대로 할 수 없다는 것도 잘 알고 있으니 염려할 것 없소이다, 선생."

　이렇게 말하면서 웃는 것이었다. 처음부터 그럴 줄 알았다면 왜 그런 말을 시작해서 사람을 놀래키는지 알다가도 모를 일이었다.

첫 인사 자리

그러는 사이에 수업 종료 벨이 울렸다. 갑자기 교실 쪽에서 왁자지껄 소란스러운 소리가 들려왔다. 교장은 교사들이 이미 교무실에 모였을 테니 자기를 따라오라고 했다. 나는 교장을 따라서 교무실로 들어갔다. 기다랗고 넓은 방에 선생님들이 책상에 나란히 앉아 있었다. 내가 들어서자 모두가 약속이나 한 듯 일제히 내 쪽을 바라보았다. 무슨 구경거리라도 생긴 것처럼 말이다.

나는 교장이 지시한 대로 일일이 사람들 앞에 가서 임명장을 보여주며 인사를 했다. 대개는 일어나서 허리만 굽힐 뿐인데 개중에는 내가 내민 임명장을 받아들고 한 번 훑어 본 다음 돌려주는 이도 있었다.

열다섯 번째로는 체육 선생의 차례였는데 나는 같은 일을 여러 번 되풀이하다 보니 약간 짜증이 나려했다. 상대방은 한 번으로 끝나는 일이지만, 나는 같은 동작을 열다섯 번이나 반복하고 있는 셈이다. 이런 내 기분을 조금이라도 아는지 모르겠다.

인사한 사람 중에 교감인지 뭔지 하는 사람도 있었다. 듣자하니 그는 문학가라고 한다. 적어도 문학가쯤 되면 대학교를 졸업한 엘리트일 것이다. 그런데 어쩌자고 여자처럼 가늘고 간드러지는 목소리를 지녔는지 모를 일이다. 더욱 놀라운 일은 이렇게 더운 날씨에 모직 셔츠를 입고 있다는 것이다. 아무리 천이 얇다 해도 더울 것이 분명하다. 가히 고뇌하는 문학가다운 차림새다. 게다가 빨간색 셔츠라니, 남의 이목 같은 것은 무시한 옷차림이 아닌가.

나중에 들은 얘기지만, 이 남자는 일년 내내 빨간색 셔츠를 입는다고 한다. 분명 어딘가 아픈 사람임에 틀림없다. 본인의 변명에 따르자면, 빨간색은 몸에 좋아서 건강을 위해서 일부러 입는다고 한다. 참 걱정도 팔자다. 그렇다면 셔츠뿐만 아니라 아래위로 온통 빨간색으로 다 맞추어 입을 것이지, 하는 생각이 들었다.

그 다음으로 고가(古賀)라는 영어 선생이 있었는데 안색이 몹시 좋지 않은 사람이었다. 대개 얼굴빛이 창백한 사람은 몸도 바싹 마른 편인데 이 남자는 창백하면서도 뚱뚱했다. 내가 초등학교 다닐 때 아사이 다미(淺井民)라는 동창이 있었는데 아사이의 아버지 얼굴이 푸르딩딩하니 딱 그런 색이었다. 그 친구의 아버지는 농사꾼이었다. 그래서 나는 기요에게 농사꾼은 얼굴색이 원래 그런 것이냐고 물어보았다. 그랬더니 기요는 그 사람은 농사꾼이라서 그런 게 아니라 늘 끝물 호박만 먹어서 그렇게 푸르딩딩하게 부은 것이라고 가르쳐 주었다. 그 후로는 얼굴이 푸르딩딩하게 부은 사람은 보면 으레 끝물 호박을 먹어 그렇게 된 것이라 생각하게 되었다.

이 영어 선생도 분명 끝물 호박만 먹고 사는가 보았다. 그런데 나는 사실 끝물이 무슨 뜻인지 아직도 모른다. 기요에게 물어본 적이 있는데 웃기만 할 뿐 대답은 해 주지 않았다. 기요 역시도 무슨 뜻인지 모르는가 보다.

그리고 나와 같은 수학 담당 교사에 홋타(堀田)라는 사내가 있었다. 그는 건장한 체격에 빡빡머리를 하고 있어 마치 까까중 깡패 두목 같은 면상을 하고 있었다. 그는 남이 정중하게 내민 임명장은 거들떠볼 생각도 하지 않고 이렇게 말했다.

"어이, 자네가 신참인가? 나중에 한 번 놀러나 오게. 하하하하!'

뭐가 우스운지 모르겠다. 이런 몰지각한 인간한테 누가 놀러가기라도 한단 말인가. 나는 이 순간부터 이 까까중에게 멧돼지라는 별명을 붙여 주었다.

한문 선생은 역시 점잖은 분이셨다.

"어제 도착하셔서 피곤하실 텐데……. 벌써 수업을 시작하셔야 하니…… 고생이 이만저만이 아니십니다."

쉴새없이 늘어놓는 걸 보니 붙임성 좋은 영감쟁이인가 보다.

미술 선생은 완전히 예술가 타입이었다. 하늘하늘한 비단 하오리(일본 전통 옷 위에 입는 짧은 겉옷—역주)를 입고 부채를 접었다 폈다 하면서 말했다.

"고향은 어디신가요? 아? 도쿄? 이거 참 반갑군요, 고향 친구가 생겨서. 내가 이래봬도 에돗코(도쿄에서 태어나 성장한 사람을 일컬음. 에도(江戶)는 도쿄의 옛 지명임—역주)랍니다."

이렇게 밥맛 없는 자가 태어난 도쿄라면 그곳에서 두 번 다시 태어나고 싶지 않다는 생각이 들었다. 그 밖에도 많은 사람들이 있었고 그들에 대해서도 얘기하고 싶지만 끝이 없을 것 같아 이 정도에서 그치기로 하겠다.

인사가 한차례 끝나자 교장은 내게 오늘은 이만 돌아가도 좋으며 수업에 관한 사항은 수학 주임과 상의를 해서 모레부터 수업을 시작해 달라고 했다. 수학 주임이 누구냐고 물었더니 예의 그 멧돼지란다.

'젠장, 하필이면 그 인간 밑에서 일을 해야 하다니 참 운도 없다.'

나는 실망했다.

"어이, 자네! 숙소가 어딘가? 야마시로야인가? 그럼, 나중에 들를 테니 그때 상의를 하자고."

멧돼지는 내게 이렇게 말하고는 분필을 들고 교실로 가버렸다. 주임이라는 작자가 직접 찾아와서 상의를 하겠다니 좀 몰상식한 처사라는 생각도 들었지만, 뭐 그런 작자에게 불려가느니 차라리 그편이 낫겠다는 생각이 들었다.

나는 학교를 나와 곧장 여관으로 돌아갈까 생각했으나 가도 특별한 일이 없었기 때문에 마을이나 한 바퀴 둘러보기로 마음먹고 발길 닿는

대로 여기저기 돌아다녔다. 몹시 낡은 구세대 건물인 도청도 보고 병사(兵舍)도 보았다. 25만석(石: 척관법에 의한 용적 단위로 1석은 약 0.278 입방미터—역주)의 지방도시라고는 하지만 별로 대수롭지 않았다. 이런 곳에 살면서 성(城) 주변 마을에 산다고 뻐기는 사람이 좀 불쌍하다는 생각이 들었다.

이런저런 생각을 하며 걷다 보니 어느새 야마시로야 앞에 다다랐다. 겉으로는 넓은 듯 보이지만 실제로는 좁은 곳이라는 생각이 들었다. 이것으로 동네 한 바퀴는 다 돈 셈이 되었다. 난 들어가서 식사라도 할 양으로 문으로 들어섰다.

그런데 카운터를 보고 있던 안주인이 나를 보더니 급히 달려와서,

"이제 오십니까?"

하며 마룻바닥에 코가 닿도록 인사를 하는 것이 아닌가. 내가 신발을 벗고 오르자 빈방이 났다고 하면서 종업원이 이층으로 안내하는 것이었다. 안내를 받아 간 곳은 이층 정면에 위치한 다다미 15장 넓이의 방으로 큰 도코노마(일본식 방의 상단에 바닥을 한층 높게 해서 벽에 족자를 걸고 바닥에 꽃이나 장식을 해두는 곳—역주)가 딸려 있었다. 나는 난생 처음으로 이렇게 멋진 방에 들어와 본다. 언제 다시 이런 호사를 누려볼까 싶어 나는 얼른 옷을 벗고 유카타(여름철이나 목욕할 때 입는 무명 홑옷—역주)만 걸친 채 방 한가운데에 대자로 드러누워 보았다. 기분이 날아갈 것 같았다.

점심을 먹은 후에 바로 기요에게 편지를 썼다. 나는 글솜씨도 없고

철자법도 엉망이라 편지 쓰기를 무척 싫어한다. 그리고 마땅히 편지를 보낼 곳도 없었다. 하지만 기요는 날 무척 걱정하고 있을 터였다. 배가 뒤집혀서 죽지는 않았나, 하고 걱정하고 있을 것이 뻔했기 때문에 큰맘 먹고 장문의 편지를 써서 보냈다. 사연은 다음과 같다.

나는 어제 도착했어. 여긴 아주 형편없는 동네야. 다다미 열다섯 장 넓이의 방에 누워 있어. 여관집 주인한테 팁을 5엔 주었더니, 그래서인지 안주인이 코가 바닥에 닿도록 인사를 하더라고. 그런데 어젯밤에는 잠을 제대로 잘 수가 없었어. 그건 기요가 에치고의 갈엿을 잎사귀 채 먹고 있는 꿈을 꾸었기 때문이야. 내년 여름에는 돌아갈 거야. 어제 학교에 갔었는데 선생들의 별명을 다 지어 주었지, 뭐야. 교장은 너구리, 교감은 빨강셔츠, 영어 선생은 끝물호박, 수학 선생은 멧돼지, 미술 선생은 알랑방귀라고 붙여 주었어. 나중에 또 쓸게.

안녕.

편지를 쓰고 나니 한결 기분이 나아지면서 졸음이 밀려왔다. 나는 아까처럼 대자로 누워서 꿈도 꾸지 않고 푹 잤다.

"이 방인가?"

밖에서 들려오는 큰소리에 잠이 깼다. 일어나 보니 멧돼지가 방으로 들어오고 있었다.

"아까는 실례했네. 자네가 앞으로 해야 할 일은 말일세……"

이제 막 잠에서 깨어난 사람을 붙들고 다짜고짜 본론으로 들어가는 바람에 나는 얼떨떨했다. 내가 담당해야 할 일에 대해서 들어보니 그다지 어려운 일도 아닌 듯싶어 알겠다고 대답했다. 그 정도 업무라면 모레가 아니라 내일이라도 당장 출근할 수 있을 것 같은 생각이 들었다.

수업에 관한 협의를 끝내자 멧돼지는 느닷없이 화제를 바꾸었다. 언제까지 이런 여관에서 지낼 수 있겠냐고 하면서 마땅한 하숙집을 소개해 주겠으니 그쪽으로 옮기라는 것이다. 다른 사람이면 몰라도 자신이 얘기하면 금방 성사가 될 것이니 당장 가서 둘러본 후에 내일 짐을 옮기고, 모레부터 출근하면 안성맞춤이겠다, 하며 혼자서 북 치고 장구 치고 다 하고 있다.

하긴 언제까지 이 넓은 방에 머물 수는 없다. 월급만으로는 숙박비가 모자랄지도 모른다. 하지만 팁을 5엔이나 주었는데 바로 옮기자니 좀 아까운 생각이 들기도 했다. 그러나 이왕 옮길 거라면 하루라도 빨리 이사를 해서 안정을 찾는 편이 나을 듯싶어 그 일은 멧돼지에게 일임하기로 하였다.

그러자 멧돼지는 우선 함께 가 보자고 하였다. 따라가서 보니 집은 변두리 언덕 중턱에 위치하고 있어서 무척 한적했다. 주인은 골동품상을 운영하고 있는 이카긴이라는 사람이었고 부인은 남편보다 네 살 정도는 더 먹어 보이는 여자였다. 내가 중학교 다닐 때 마녀라는 뜻의 윗치(witch)라는 영어단어를 배운 적이 있는데, 이 안주인이 그때 상상했던 바로 그 마녀를 닮았다. 하지만 마녀일지언정 남의 부인이니까 상관은 없었다. 결국 나는 내일 당장 이사하기로 결정했다.

돌아오는 길에 멧돼지는 도오리초(通町)에서 내게 빙수를 한 그릇 사주었다. 학교에서 처음 대면했을 때는 몹시 퉁명스럽고 무례한 작자라고 생각했는데 이렇게 자상하게 신경을 써주는 걸 보면 그다지 나쁜 친구는 아닌 것 같았다. 단지 나처럼 성질이 급하고 욱하는 성미가 있는 것 같아 보였다. 나중에 들으니 이 친구가 그래도 학생들 사이에서 가장 인기 있는 선생이라고 했다.

첫 수업

드디어 첫 출근을 하였다. 처음으로 교실에 들어가서 높은 강단에 올라서니 왠지 묘한 기분이 들었다. 수업을 진행하면서도 문득문득, 나 같은 사람도 선생을 할 수 있을까, 하는 생각이 들었다. 학생들은 여간 소란스러운 것이 아니었다. 때로는 찌렁찌렁한 목소리로, "선상님, 선상님!" 하고 불러댄다. 그 '선생님' 소리를 들으니 감회가 새로웠다.

지금까지 학교에서 수없이 불러왔던 말이지만 막상 내가 그렇게 불리는 입장이 되고 보니 기분은 천지 차이였다. 왠지 발가락이 근질거렸다. 나는 비겁하거나 겁쟁이는 아니지만 유감스럽게도 담력이 부족한 편이다.

첫 시간은 그럭저럭 잘 넘겼다. 곤란한 질문도 나오지 않았다. 교무실에 돌아오니 멧돼지가 괜찮았냐고 물어보기에 간단히 그렇다고 대답해 주니 안심하는 것 같았다.

둘째 시간이 되어 분필을 들고 교무실을 나설 때에는 어쩐지 적지로 뛰어드는 심정이었다. 교실에 들어서니 이번 반은 전 시간의 아이들보다 덩치가 훨씬 큰 아이들만 모여 있었다. 나는 에돗코여서 몸집이 작고 왜소하여 아무리 높은 강단에 올라서도 위엄 있게 보이지 않는다.

그래도 싸움이라면 씨름꾼하고도 해 볼 자신이 있다. 하지만 40명이나 되는 덩치 큰 까까머리 녀석들을 앞에 앉혀 놓고 혀 하나만을 놀리며 제압할 재간이 내게는 도무지 없었다. 그렇지만 이런 촌놈들에게 약점을 보이면 꼬투리를 잡히게 되므로 최대한 큰 목소리로, 약간 혀 꼬부라진 발음도 중간 중간 섞어가며 수업을 진행했다.

처음 얼마 동안은 내 기세에 압도를 당했는지 아이들이 얼이 빠진 듯 얌전하게 있었다. 나는 속으로, '요것 봐라!' 싶어 의기양양해졌다. 그랬더니 맨 앞줄 가운데에 앉아 있던 제일 억세 보이는 녀석이 갑자기 벌떡 일어서더니, "선상님!" 하고 부르는 것이었다. 왜 그러느냐고 물었더니 하는 말이,

"아따, 너무 빨라서 못 알아묵웅께로 쪼께 천천히 해 주시면 좋겠지라우이."

"내 말이 너무 빠르다면 천천히 하겠지만, 끝이 늘어지는 너희들 사투리를 에돗코인 나는 따라할 수 없다. 못 알아듣겠으면 알아들을 때까지 기다리는 수밖에 없겠다."

이런 분위기로 두 시간째는 생각보다 잘 넘어갔다고 생각했다. 그런데 수업을 마치고 막 나오려는 순간이었다.

"이 문제 좀 쪼게 풀어주시면 좋겠지라우이."

한 녀석이 불쑥 문제를 들이내미는 것이 아닌가? 그것도 좀처럼 풀릴 것 같지 않은 기하학 문제였다. 순간, 나는 식은땀이 흘렀다. 그래서 이렇게 대꾸하는 수밖에 없었다.

"잘 모르겠다. 다음에 가르쳐 주겠다."

내가 허둥지둥 교실을 빠져나오려는 순간 학생들이, "와"하고 소리를 지르며, "모른대요, 모른대요!"를 외치기 시작했다.

"이 바보 같은 녀석들아! 선생님이라고 다 알 수는 없지 않느냐? 모르는 것을 모른다고 하는데 뭐가 이상하단 말이냐? 그 정도를 풀 수 있는 실력이라면 월급 40엔 받고 이런 곳에 올 리가 없지, 암!"

나는 이렇게 퍼붓고는 교무실로 돌아갔다. 멧돼지가 이번에도 괜찮았느냐고 물었다. 나는 그렇다고 대답을 해 놓고서 홧김에 "에이, 이 학교에는 순 멍텅구리들만 모여 있어!"라고 했더니 멧돼지는 의아한 표정을 지었다.

셋째 시간, 넷째 시간, 그리고 점심시간 후, 다섯째 시간도 분위기는 비슷했다. 첫날 수업에서는 첫 수업답게 조금씩 실수를 했다. 교사는 겉에서 보는 것만큼 만만한 직업이 아니라는 생각이 들었다. 수업은 모두 끝났지만 일찍 퇴근할 수는 없었다. 3시까지는 우두커니 기다려야만 한다. 왜냐하면 3시에 자기 반 아이들이 교실 청소를 마쳤다고 알려오면 가서 청소검사를 해야 하기 때문이다. 그 다음, 출석부를 한차례 검사하고 나서야 겨우 한숨을 돌릴 수가 있다.

아무리 월급을 받고 하는 일이라고는 하지만 빈 시간까지 학교에 붙잡혀서 책상과 눈싸움을 해야 한다는 건 참 불합리하다는 생각이 들었다. 하지만 다른 교사들이 다 군말 없이 규칙을 따르고 있는데 신참인 내가 못한다고 고집을 부리면 모양새가 좋지 않을 것 같아 꾹 참고 있었다. 그러나 결국 참지 못해 멧돼지에게 한마디 하고야 말았다.

"이봐, 수업도 끝났는데 3시가 넘도록 선생을 학교에 붙잡아 두는 것은 너무 심한 거 아닌가?"

"그건 그래. 하하하하!"

멧돼지는 한바탕 웃고 나더니 갑자기 진지한 표정으로 한마디 했다.

"자네, 학교에 대한 불평불만을 너무 입 밖에 내면 못쓰네. 하고 싶은 말이 있으면 나한테만 살짝 말하게. 별별 이상한 사람들이 다 있으니까"라며 충고어린 말을 해 주었다. 우리가 헤어질 사거리에 금방 도착하는 바람에 자세한 내용은 더 물어볼 수가 없었다.

골동품 강매

집에 돌아오니 하숙집 영감이 차나 한잔 마시자며 왔다. 그래서 나는 자기 차를 대접하는 줄 알았더니 허락도 없이 내 차를 끓여 내와서 자기 혼자 홀짝홀짝 마시고 있는 것이 아닌가. 그 폼을 보니 내가 없을 때에도 멋대로 내 차를 끓여 마실지도 모를 일이라는 생각이 들었다.

그러더니 영감이 말을 꺼냈다.

"제가 원래 옛 그림이나 골동품을 무척 좋아했는데 그러다 보니 결국에는 이런 장사를 하게 되었지 뭡니까. 선생님을 뵈니 어째 풍류를 상당히 즐기실 것 같아 보이는데요. 취미삼아 한번 시작해 보시면 어떻겠습니까?"

영감은 이렇게 엉뚱한 권유를 해 왔다. 지금까지 나는 수많은 말을 들어왔지만 풍류객으로 보인다는 말은 들어본 적이 없다. 대개 사람은 차림새와 태도를 보면 알 수 있는데 적어도 풍류객이라고 하면, 머리에 두건을 쓰고 있던지 손에 단자쿠(短冊: 시가(詩歌) 등을 적기 위해 좁게 잘라 만든 종이—역주)를 들고 있기 마련이다. 이런 나를 풍류객으로 비유를 하다니 보통내기가 아닐 것이라는 생각이 들었다.

"저는 그렇게 풍류나 즐길 만큼 한가하지 않습니다."

이렇게 대답하자 씁쓸한 표정을 지으며 웃더니 이렇게 말했다.

"아니지요. 처음부터 좋아하는 사람은 없지요. 하지만 일단 한번 보시면 푹 빠져 든다니까요. 이 길에 들어서면 좀처럼 빠져나갈 수 없답니다."

그러더니 영감은 혼자서 야릇한 손놀림으로 차를 따라 마셨다. 사실은 어젯저녁에 주인집에 차를 사달라고 부탁을 했었다.

"저는 이렇게 쓰고 진한 차를 좋아하지 않습니다. 한 잔만 마셔도 위가 쓰리는 것 같아서요. 다음부터는 좀 덜 쓴 것으로 사다주십시오."

그는 알았다고 대답한 후 한 잔, 또 한 잔, 주전자 바닥이 드러나도록 그렇게 마셔댔다. 남의 것이라면 끝장을 보고야마는 심보일까, 별 이상한 영감쟁이를 다 본다. 영감이 물러간 후 나는 내일 수업할 내용을 한번 훑어본 후 바로 잠자리에 들었다.

그 후로는 매일 학교에 출근해서 학교 규칙대로 일했다. 또 집에 돌아오면 주인 영감이 매일같이 차 한잔 하자면서 찾아왔다. 그렇게 일주일 가량을 지내자 학교 돌아가는 사정을 어느 정도 파악하게 되었고, 하숙집 주인 부부의 성격도 대충 알게 되었다.

교실에서 이따금씩 실수라도 하게 되면 그때만 잠시 무안할 뿐이지 지나고 나면 깨끗하게 잊어버렸다. 나는 뭐든지 진득한 편이 못 되어서 걱정도 진득하게 못하는 것 같다. 앞에서도 말했지만 나는 그리 대담한 인물이 못 될 뿐더러 포기도 잘하는 인간이다. 이 학교에서 붙어 있을 수 없다면 바로 어디든지 가면 되지, 하는 생각이었기 때문에 교장이나 교감 따위는 하나도 두렵지 않았다. 하물며 학생 조무래기 따위에게 환심을 사거나 비위를 맞출 생각은 더더욱 없었다.

학교 생활은 그렇다 치더라도 하숙집이 문제였다. 주인장 영감이 차만 마시러 오는 것이라면 그나마도 참을 만한데, 올 때마다 꼭 손에 뭔가를 들고 오는 것이었다. 처음에 들고 온 것은 도장 재료였다. 10개 정도 죽 늘어놓고는 모두 3엔에 줄 테니 사라고 하는 것이었다. 내가 시골로 떠돌아다니는 엉터리 화가도 아니니 그런 것은 필요 없다고 했더니, 이번에는 가잔(華山)인가 뭔가 하는 화가의 화조(花鳥)가 그려진 족자를 가지고 왔다. 그러더니 자기 마음대로 내 방 도코노마에 걸더니 걸작이지 않느냐고 묻기에 그런가, 하고 애매하게 얼버무렸더니 장황한 설명을 늘어놓는 것이었다.

"가잔이라 불리는 사람이 두 명있지요. 한 사람은 모(某) 가잔이고, 또 한 사람은 아무개 가잔인데, 이 족자는 아무개 가잔의 작품입니다. 어떻습니까? 선생님께만 특별히 15엔에 쳐드리겠습니다. 사시지요."

나는 돈이 없다고 거절했다. 그랬더니 돈은 언제 주어도 상관없다고 하며 좀처럼 물러날 기색이 없었다. 그래서 나는 돈이 있어도 사지 않겠다고 하자 그제서야 돌아가는 것이었다.

그 다음에는 기왓장만한 벼루를 메고 와서 내게 내밀었다. 그 유명한 중국의 단계연(端溪硯: 중국 단계 지방에서 나는 명품 벼루―역주)이라고 했다. 내가 얼마냐고 묻자, 소장인이 중국에서 가지고 와서 싸게 팔아달라고 하여 30엔에 주겠다고 한다. 이 영감은 아무래도 제 정신이 아닌가 싶었다. 학교 쪽은 그럭저럭 해나갈 수 있을 것 같은데 이렇게 계속 골동품 강매를 당한다면 나는 오래 버틸 수가 없을 것 같은 생각이 들었다.

덴푸라 선생님

그러는 가운데 학교 생활도 싫증이 났다. 어느 날 저녁에 오마치(大町)란 동네를 산책하고 있었는데 우체국 옆에 '메밀국수'라고 쓴 아래에 '도쿄(東京)식'이라고 토를 단 간판이 눈에 띄었다.

나는 메밀국수라면 사족을 못쓴다. 도쿄에 있을 때에도 국수집 앞을 지나다가 양념 냄새를 맡으면 그냥 지나치지를 못했다. 지금까지는 학교 수업과 그놈의 골동품 나부랭이 때문에 메밀국수를 잊고 있었는데, 이렇게 간판을 보니 그냥 지나칠 수가 없었다. 그래서 한 그릇 먹고 가려고 가게 안으로 들어갔다.

들어가 보니 간판과는 영 딴판이었다. '도쿄'라는 이름을 내건 이상 웬만큼 깔끔할 만도 한데, 도쿄 근처에 가본 적도 없는 것인지, 아니면 돈이 없어 그런지 지저분하기가 이를 데 없었다. 메뉴를 보니 제일 상단에 덴푸라 국수가 있었다. 나는 큰소리로 '덴푸라!' 하며 국수를 주문했다. 그러자 그때까지 한쪽 구석에서 잠자코 '후루룩 후루룩' 소리를 내며 국수를 먹고 있던 무리들이 일제히 내 쪽을 쳐다보았다. 방이 어두워서 금방 알아차리지는 못했지만 알고 보니 모두 우리 학교 학생들이었다. 먼저 알아보고 인사를 하기에 나도 알은 체를 했다. 그날 밤에는 오랜만에 먹는 국수라 그런지 맛이 있어 덴푸라 국수를 네 그릇이나 먹어치웠다.

다음날, 별 생각 없이 교실에 들어서니 칠판 가득히 '덴푸라 선생님'이라고 씌어 있었다. 아이들은 내 얼굴을 보더니 일제히 "와!" 하고 웃었다. 나는 너무 어이가 없어서, "덴푸라 국수 먹는 것이 뭐가 우습냐?"라고 말했다. 그러자 한 녀석이 말했다.

"근디 네 그릇은 좀 심했지라우이."

"네 그릇을 먹든지 다섯 그릇을 먹든지 내 돈으로 내가 먹는데 무슨 말들이 그리 많아?"

이렇게 대꾸해 주고는 서둘러 수업을 마치고 교무실로 돌아왔다. 쉬는 시간 10분 후에 다음 교실에 들어갔더니 그 반 칠판에는 이렇게 적혀 있었다.

"하나, 덴푸라 국수 네 그릇, 단, 웃지 말 것!"

그래도 아까는 그다지 화가 나지 않았는데 이번에는 울컥 부아가 치밀어 올랐다. 한 시간이면 동네 구석구석까지 훤히 꿸 수 있는 손바닥만한 도시에서 도무지 재미있는 얘깃거리라곤 없어서 그런지 마치 덴푸라 사건을 무슨 '러일전쟁(1904~1904년, 일본과 러시아 사이에서 일어난 전쟁)'이라도 일어난 것처럼 떠들어대고 있었다. 참으로 딱한 녀석들이다. 어릴 적부터 보고 배운 것이 제대로 없으니 마치 분재 단풍나무처럼 삐딱하니 이상하게 삐뚤어진 아이들이 되는 것이다. 동기가 순수하다면야 함께 웃고 넘어가겠지만 어떻게 된 일인지 아이들은 독기를 품고 있었다. 나는 아무 말 없이 '덴푸라'를 지우고 나서 말했다.

"너희들은 이런 장난이 재미있나? 이건 비겁하게 남을 희롱하는 짓이다. 너희는 비겁하다는 말의 뜻을 알고 있나?"

그러자 한 녀석이 대답했다.

"자신이 한 행동 땜시 망신 좀 당했다고 버럭 화를 내는 것이 비겁한 것이 아닐랑가요이?"

고약한 놈이다. 이런 놈들을 가르치러 도쿄에서 일부러 여기까지 왔나, 하는 한심한 생각이 들었다.

"공연한 억지 부리지 말고 공부나 해!"

이렇게 말한 후에 나는 수업을 시작했다. 그리고 그 다음 교실에 들어갔더니 이번에는,

"덴푸라를 먹으면 억지를 부리고 싶어진다"

라고 쓰여 있었다. 아무래도 끝이 나지 않을 것 같았다. 나는 화가 치밀어서 너희처럼 건방진 놈들은 가르칠 수 없다고 호통을 친 후, 씩씩대며 교실을 나와버렸다.

학생들은 수업을 하지 않아서 오히려 기뻐했다고 한다. 사정이 이렇

게 되고 보니 이번에는 학교보다는 골동품 강매 쪽이 그나마 낫다는 생각이 들었다.

그로부터 사흘 동안은 조용히 지나갔다. 나흘째 저녁에 나는 스미다(住田)라는 곳에 가서 경단을 먹었다. 스미다는 온천이 있는 마을로 내가 있는 도시에서 기차로 10분 거리에 있다. 걸어서도 30분이면 갈 수 있다. 그곳에는 음식점, 온천, 공원이 있고 게다가 유흥가도 있다. 내가 들른 경단 가게는 유흥가로 들어서는 입구에 위치해 있었는데 맛 좋기로 평판이 자자한 곳이어서 온천에서 돌아오는 길에 잠시 들러 맛을 보았다.

이번에는 아무도 만난 학생이 없었기에 다행이라 생각하며 다음날 학교에 갔다. 첫 시간 수업에 들어가니, '경단 두 접시에 7전'이라고 쓰여 있었다. 실제로 내가 7전을 내고 경단을 먹었던 것이다. 정말 못 말리는 녀석들이다. 둘째 시간에도 분명 뭔가 써놓았으려니 하고 들어갔더니 아니나 다를까, '유흥가의 경단, 맛이 끝내줘요!'라고 쓰여 있었다. 더 이상 할말이 없었다. 넌더리가 났다.

경단 사건이 이것으로 끝나는가 싶었는데 이번에는 '빨강수건' 사건이 꼬리를 물고 퍼져나갔다. 또 무슨 얘긴가 싶어 곰곰이 생각해 보니 참 한심하기가 그지없었다. 나는 이곳에 온 이후로 매일 스미다의 온천에 다니고 있다. 다른 곳은 도쿄의 발뒤꿈치만큼도 못 따라 올 수준이었지만 스미다의 온천만큼은 훌륭했다. 그래서 매일 가기로 마음먹고 저녁 식사 전에 운동 삼아 다녔던 것이다.

그런데 온천에 갈 때는 꼭 큰 수건 한 장을 들고 갔는데 이것이 화근이었다. 이 수건이 욕탕 물에 들어가면 수건의 빨간색 줄무늬가 번져서 얼핏 보면 전체가 빨간색처럼 보인다. 나는 이 수건을 온천을 오가는 길에 늘 들고 다녔다. 기차에서도, 걸어가면서도 항상 손에 들고 다녔던 것이다. 그것을 본 학생들이 나를 일컬어, '빨강수건'이라고 부르는 것이었다. 아무래도 좁은 곳에서 살다 보니 하루도 조용할 날이 없다.

그것으로 끝이 아니었다. 온천은 새로 지은 3층 건물이었는데 고급 탕은 유카타를 빌려주고 때를 밀어주는데 8전을 받는다. 게다가 아가씨가 차까지 날라 준다. 나는 언제나 고급 탕을 이용했다. 그것을 꼬집어, 40엔짜리 월급쟁이가 매일 고급 탕에 들어가는 것은 사치라고 떠벌리고 다녔다. 참 별의별 간섭을 다 한다.

또 있다. 욕탕은 다다미 15장 넓이 정도의 크기인데 화강암을 쌓아 만든 것이었다. 탕 안에는 보통 열서너 명 정도가 있는데 때로는 아무도 없을 때가 있다. 섰을 때 가슴까지 올 정도의 깊이여서 운동 삼아 탕 속에서 헤엄을 치기도 한다. 그때의 상쾌함은 이루 말로 다할 수 없다. 주위를 둘러봐서 아무도 없으면 나는 탕 속을 두루 헤엄치며 다니면서 즐거운 시간을 보내곤 했다.

그러던 어느 날, 나는 3층에서 신나게 내려와 오늘도 헤엄을 칠 수 있는지 확인차 탕 안을 들여다보았다. 그랬더니 커다란 팻말에 까만 글자로 '탕 속에서 헤엄치지 말 것'이라고 적혀 있었다. 탕 안에서 헤엄치는 사람은 아마도 나밖에 없을 터였기 때문에 그것은 나를 위해 일부러 만들어 놓은 것이나 다름없었다. 나는 그 후로 헤엄치는 것을 포기했다. 그러나 학생들이 그냥 넘어갈 리 만무했다. 학교에 가니 아니나 다를까, 칠판에, '탕 속에서 헤엄치지 말 것!'이라고 써 있었다. 나는 그만 혀를 내두르고 말았다.

나는 왠지 전교생이 나 한 사람을 놓고 탐색전을 벌이고 있는 듯한 생각이 들어 견딜 수가 없었다. 기분까지 울적해졌다. 학생들이 뭐라고 떠들던지 마음먹은 일을 쉽게 포기할 내가 아니지만 어쩌다 이렇게 코딱지만한 촌구석에 와서 숨막히게 사는지를 생각하면 내 자신이 한심스러웠다. 그렇게 진을 빼고 집에 돌아오면 주인 영감은 또 어김없는 골동품 공세로 내 숨통을 더욱 조이는 것이었다.

제3편 못 말리는 학생들

숙직

　학교에는 숙직 제도라는 것이 있어서 교직원이 돌아가며 밤에 남아 학교를 지키게 되어 있다. 그러나 교장인 너구리와 교감인 빨강셔츠만은 예외였다. 월급은 많이 받으면서 업무 시간은 적고, 게다가 숙직까지 면제라니 이런 불공평한 처사가 어디 있단 말인가? 자기들 마음대로 규칙을 정해 놓고 마치 그것이 당연한 일인 것처럼 굴고 있다. 어쩌면 그렇게 뻔뻔스러울 수 있단 말인가? 그런 처사야말로 불공평의 극치라 하지 않을 수 없다.

　그러나 멧돼지의 말에 따르면, 불공평한 처사에 대해서 혼자서 아무리 불평을 늘어놓아도 먹혀들지 않는다는 것이었다. 혼자서든 둘이서든 정당한 일이라면 통할 것이 아닌가. 멧돼지는 'might is right'이라는 영어 문구를 인용해서 내게 설교를 하려 들었다. 내가 도무지 이해하지 못해 다시 묻자 '강자(强者)의 권리' 라는 뜻이라고 말해 주었다. '강자의 권리' 와 숙직과 무슨 연관이 있단 말인가? 그렇다면 너구리와 빨강 셔츠가 강자라도 된단 말인가? 말도 안 되는 소리이다.

아무리 내가 불평을 해 보았자 결국 내 차례는 돌아오고야 말았다. 나는 원래 신경이 예민한 편이라 이부자리가 바뀌면 불편해서 잠을 못 잔다. 자고 나도 개운하지가 않다. 그래서 어릴 적에도 친구집에서 잠을 잔 적이 거의 없을 정도이다. 친구집도 싫을 정도인데 하물며 숙직실은 어떻겠는가? 말할 필요조차 없다. 하지만 이것도 월급 40엔 속에 포함되어 있는 내용이라면 어쩔 도리가 없다. 그냥 참고 임하는 수밖에.

교사와 학생들이 모두 귀가한 후에 혼자서 멀거니 있는 것도 참 한심한 짓이었다. 숙직실은 교실 뒤쪽에 있는 기숙사 서쪽 끄트머리 방이었다. 잠깐 들어가 보았는데 서향 볕을 정면으로 받아 답답해서 앉아 있을 수가 없었다. 시골이라 그런지 가을이 와도 좀처럼 더위가 물러갈 기색이 없었다. 저녁에는 기숙사 밥을 먹었는데 맛이 없어서 혼났다. 그렇게 맛없는 밥을 먹고도 그처럼 날뛸 수 있다니 학생들이 참 용하다는 생각이 들었다.

저녁 식사는 마쳤지만 아직 해가 지지 않아 잠을 청할 수가 없었다. 나는 온천 생각이 났다. 숙직 중에 외출을 해도 좋은지는 알 수 없었으나 마치 중형의 금고형을 선고받은 죄인처럼 우두커니 앉아 있을 수는 없는 노릇이었다.

처음 내가 학교에 왔을 때 당직 선생이 용무가 있어 잠시 외출 중이라고 사환이 말했던 기억이 났다. 그때 나는 조금 의아하게 생각했었는데, 지금 내가 그 입장이 되고 보니 그 심정이 이해가 간다. 외출을 안하는 것이 오히려 이상하다.

나는 사환에게 잠깐 나갔다 오겠다고 했다. 그러자 사환이 무슨 용무냐고 물었다. 나는 별 다른 용무는 없고 온천에 다녀오겠다고 말하고 서둘러 학교를 나섰다. 예의 빨강수건을 하숙집에 두고 온 것이 유감이라면 유감이었다. 오늘만은 온천에서 빌리기로 했다.

온천에서 느긋하게 몸을 풀고 탕 속을 여러 차례 들락거리다 보니 어느새 해가 뉘엿뉘엿 지기 시작했다. 나는 기차를 타고 고마치(古町) 역에서 내렸다. 학교까지는 여기서 약 450미터의 거리이다. 걷기에 충분한 거리여서 걸어가다 보니 맞은편에서 너구리가 걸어오는 것이 아닌가. 너구리는 이제부터 이 기차를 타고 온천에 갈 심산인가 보다. 그는 종종 걸음으로 걷다가 스쳐 지날 때쯤 날 알아보고는 아는 척을 했다.

"선생, 오늘 숙직이 아니시든가요?"

너구리는 능청스럽게 내게 물어왔다. 그래서 나는 그렇다고 대답해 주었다. 물론 그가 몰라서 묻는 것은 아니었다. 오늘은 첫 숙직이니 수고해 달라는 말을 한 것이 불과 두 시간 전의 일이지 않은가? 교장이 되면 으레 그렇게 알면서도 모르는 척 요상한 말투가 되는가 보다. 나는 수가 틀려서 이렇게 대답해 주었다.

"네, 오늘 제가 숙직입니다. 그래서 이제부터 돌아가 분명히 학교에서 숙직을 설 것이니 걱정일랑 붙들어 매십시오."

나는 이렇게 내뱉고는 아무 일도 없는 듯 유유히 걸어갔다. 다테마치(竪町)의 사거리쯤에 나오자 이번에는 멧돼지와 마주쳤다. 정말 손바닥만한 동네다. 문 밖에 나서기만 하면 누군가와 꼭 마주친다.

"이보게, 자네 오늘 숙직 아닌가?"

멧돼지가 말을 걸어왔다. 나는 또 그렇다고 대답했다.

"숙직인데 이렇게 나다니다니, 이러면 좀 곤란한 거 아닌가?"

나는 조금도 곤란한 것이 아니며 오히려 나다니지 않는 것이 이상한 일이라고 큰소리를 쳤다.

"그래도 큰소리를 치다니 자네한테 내가 정말 두손들었네. 이렇게 나다니다 교장이나 교감 선생이라도 만나게 되면 어쩌려고 그러나? 시끄러워지니까 조심하라고."

멧돼지답지 않게 그런 말을 했다.

"방금 교장을 만났다네. '더운데 산책이라도 하지 않으면 숙직하기도 힘들 테지요' 하면서 격려해 주던걸?"

나는 또다시 누군가를 만날까 두려워 얼른 학교로 돌아왔다.

메뚜기 사건

이윽고 해가 떨어졌다. 두 시간 정도 사환을 숙직실에 불러서 이야기를 나누었는데 그것도 이내 싫증이 났다. 아직도 잠은 오지 않았지만 잠자리에 들려고 잠옷으로 갈아입고, 모기장을 치고 빨간 담요를 걷어붙였다. 그런 다음 쿵, 소리와 함께 엉덩방아를 찧으며 벌러덩 드러누웠다.

내가 누울 때 큰 소리를 내며 엉덩방아를 찧는 것은 어릴 적부터의 버릇이다. 기분 좋게 다리를 쭉 뻗었는데 무언가가 두 다리 위로 뛰어올랐다. 꺼칠꺼칠한 것이 벼룩 같지는 않았다. 나는 놀라서 다리를 담요 속에서 흔들어 보았다. 그러자 갑자기 숫자가 늘어나더니 정강이에서 대여섯 마리, 넓적다리에 두세 마리, 엉덩이 밑에서 물컹, 하고 터진 것이 한 마리, 배꼽에까지 기어올라온 것이 한 마리 등 정말이지 끔찍

함 그 자체였다.

벌떡 일어나서 담요를 뒤로 확 젖히자 이불 속에서 족히 오륙십 마리
는 됨직한 메뚜기들이 튀어나왔다. 정체를 알 수 없었을 때는 기분만
좀 나쁜 정도였지만, 그게 메뚜기라는 것을 알게 되자 갑자기 열이 확
뻗쳐올랐다.

"이놈의 메뚜기가 사람을 놀래키다니, 어디 혼 좀 나 봐라."

나는 곧장 베개를 집어 들고는 두세 번 휘둘렀다. 메뚜기가 너무 작
아서 그런지 세게 내던지는데도 효과가 없었다. 할 수 없이 이부자리
위에 앉아서, 대청소할 때 돗자리를 둘둘 말아서 바닥 먼지를 털 때처
럼 그 주변을 힘껏 내려쳤다.

메뚜기가 놀랐는지 베개와 함께 뛰어올라서 나의 어깨, 머리, 콧잔등
할 것 없이 달라붙기도 하고 부딪치기도 했다. 얼굴에 붙은 놈은 베개
로 때릴 수 없어서 손으로 잡아 힘껏 내동댕이쳤다. 그런데 약 오르게
도 아무리 힘껏 내쳐도 부딪치는 곳이 모기장인 까닭에 출렁, 하고 움
직일 뿐 아무 소용이 없었다. 메뚜기들은 흠씬 두들겨 맞은 채 모기장
에 갇힌 신세가 되었다.

30분 간의 고군분투 끝에 마침내 메뚜기들을 퇴치했다. 나는 빗자루
를 가져와서 메뚜기 시체를 처리하기 시작했다. 그때, 사환이 와서 무
슨 일이냐고 물었다.

"무슨 일이냐고? 메뚜기를 이불 속에서 키우는 놈이 세상 천지에 어
디 있냐, 이 멍청아!'

나는 화가 나서 호통을 쳤다. 그러자 자기는 모르는 일이라고 변명을 했다. 모른다고 하면 그만이냐고 하며 내가 빗자루를 마루에 내던졌더니 사환은 눈치를 보며 조심스럽게 빗자루를 주워들고 나가버렸다.

나는 기숙사로 올라가 기숙생 세 명 정도를 대표로 불러냈더니 여섯 명이 나왔다. 여섯 놈이건 열 놈이건 그게 중요한 게 아니었다. 나는 잠옷 바람에 팔을 걷어붙이고 담판을 지을 기세로 말했다.

"왜 메뚜기를 내 이불 속에 넣었나?"

"메뚜기가 뭐이랑가요?"

순진한 척 미련 떠는 말투가 사람 비위를 더 건드렸다. 이 학교는 교장뿐만 아니라 학생들까지도 삐딱하고 능글맞은 말투를 쓰는가 보다.

"메뚜기도 모른다 이거지. 자 그럼 내가 보여주지."

큰소리를 치고 보니 공교롭게도 다 치워버려서 단 한 마리도 남아 있지 않았다. 나는 다시 사환을 불러서 치워버린 메뚜기를 가져오라고 했다.

"이미 휴지통에 내버렸는데, 다시 주워올까요?"

어서 주워오라고 하자 사환은 얼른 뛰어 나가더니 잠시 후에 얇은 종이 위에 메뚜기 열 마리 정도를 얹어 가지고 왔다.

"죄송한데요, 밖이 깜깜해서 이것밖에 못 주워 담았어요. 날이 밝으면 더 주워올게요."

이 학교는 사환까지 멍청하다.

나는 메뚜기 한 마리를 학생에게 들어 보이며 말했다.

"이게 바로 메뚜기란 것이다. 덩치는 산만해가지고, 그래 메뚜기도 모른단 말이냐?"

그러자 제일 왼쪽에 있던 얼굴이 동그란 녀석이 건방지게 선생한테 대든다.

"그건, 풀무치지라우이."

"이 멍청한 녀석 같으니라고……. 메뚜기나 풀무치나 마찬가지다. 여하튼 메뚜기든 풀무치든 왜 내 이부자리 속에 집어넣었냐 이 말이다. 내가 언제 메뚜기를 넣어달라고 부탁이라도 했냐?"

"아무도 그 속에 넣지 않았당께요."

"아니 아무도 넣지 않았는데 어떻게 저것들이 이불 속으로 들어 왔단 말이냐?"

"풀무치는 본디 따신 데를 좋아항께로, 아마도 지 혼자서 찾아 들어간 게지라우이."

"바보 같은 소리 집어 치워! 메뚜기가 혼자서 찾아 들어가다니……. 메뚜기가 어떻게 지 혼자 들어간단 말이냐? 자, 왜 이런 장난을 쳤는지 어서 바른대로 말해 봐."

"아무리 말하라고 하셔도 넣지를 않았는데 어떻게 설명을 하라고 하시지라우이?"

정말 비열한 녀석들이다. 자기가 한 짓을 털어놓지 못할 정도라면 애초에 시작을 말아야지, 증거마저 없었다면 딱 잡아뗄 심산이다.

나 역시 중학교 다닐 때 둘째가라면 서러울 정도로 개구쟁이였다. 그래서 장난을 쳐볼 만큼 쳐본 사람이다. 하지만 누가 했느냐고 물으면 꽁무니를 빼는 비겁한 행동은 한 번도 하지 않았다. 분명히 한 것은 한 것이고, 안 한 것은 안 한 것이다. 나는 아무리 장난을 쳐도 결백했다.

거짓말을 하고 벌을 받지 않으려 한다면 애초에 장난을 치지 말았어야 한다. 장난에는 으레 벌이 따르기 마련이다. 벌이 있어 장난도 재미있게 칠 수 있는 것이 아닌가. 실컷 장난을 쳐놓고 벌은 사양하겠다니 어디서 배워먹은 비열한 근성이냔 말이다. 이런 녀석들은 이 다음에 커서 남의 돈 떼먹는 짓거리를 예사로 할 인물들임에 틀림없다.

도대체 중학교에는 왜 들어온 것일까? 학교에 들어와서 거짓말하고, 속이고, 뒷전에서 쏙닥거리며 나쁜 장난이나 치고, 그리고 버젓이 졸업하고 나면 그래도 교육을 받았다고 큰소리 치고 다닐 것이 분명했다. 나는 이렇게 썩어빠진 생각을 가진 녀석들과 마주하기조차 불쾌한 생각이 들었다.

"그렇게 말할 수 없다면 나도 들을 생각이 없다. 중학교에 들어와서 뭐가 옳고 그른지를 판단 못하고 있으니 정말 딱한 노릇이다."

나는 아이들을 보내주었다. 내가 하는 말이나 행동이 그다지 고상한 편은 못 되나 정신상태만은 이 녀석들보다 훨씬 반듯하다고 생각한다. 여섯 놈은 유유히 물러갔다.

겉보기에는 선생인 나보다 훨씬 더 의젓해 보인다. 태연한 척하는 것이 사실 더 엉큼해 보여 속이 다 뒤집힐 정도다. 아무튼 나는 이런 놈들을 당해낼 재간이 없다.

함성 사건

한바탕 소란을 피운 후, 나는 다시 자리에 들어가 누웠다. 아까의 소동으로 모기장 안에는 앵앵거리는 소리가 난다. 모기장 끈을 풀러 길게 접어서 방 한가운데 서서 가로, 세로, 그리고 열십자로 흔들다가 동그란 고리에 손등을 호되게 맞았다.

다시 이불 속으로 들어갔을 때는 어느 정도 마음이 가라앉았으나 좀처럼 잠이 오지 않았다. 시계를 보니 10시 반이었다. 생각하면 할수록 여간 골치 아픈 곳에 온 것이 아니라는 생각만 들었다. 도대체가 중학교 선생이란 것이 어디를 가나 이런 녀석들을 상대로 이런 험한 꼴을 당한데서야 참으로 딱한 직업이 아닐 수 없다. 그런데도 교사가 줄어들지 않고 계속 나오는 걸 보면 상당한 인내심을 가진 뚝심 있는 사람들이 꽤나 많은가 보다. 나는 그 점에서 아무래도 자격 미달인 것 같다.

그런 생각에 미치자 문득 기요 생각이 났다. 기요 같은 사람이야말로 존경할 만한 사람이라는 생각이 들었다. 교육도 제대로 받지 못했고 신분도 미천한 노인네지만, 인간적으로는 매우 고귀한 성품을 지닌 사람이다. 지금까지 그렇게 신세를 졌어도 나는 별로 고맙다는 생각을 하지 못했는데 이렇게 혼자서 먼 곳에 와 있으니 새삼 그녀의 친절과 사랑이 뼛속 깊이 사무친다. 기요는 내가 욕심이 없고 곧은 성격이라고 칭찬을 하지만, 칭찬을 듣는 나보다는 칭찬하는 기요가 오히려 더 훌륭한 사람이라는 생각이 든다. 갑자기 기요가 보고 싶다.

　기요 생각을 하면서 몸을 뒤척이고 있는데 갑자기 위에서 삼사십여 명 정도의 인원이 이층이 내려앉을 정도로 박자를 맞추어 쿵쾅거리면서 마룻바닥을 구르는 소리가 들렸다. 동시에 그 소리에 못지않은 큰 고함 소리도 들렸다.

　나는 무슨 일이 일어났는가 싶어 벌떡 일어났다. 어쩌면 아까 당한 것에 대한 분풀이로 학생들이 난동을 피운 것인지도 모른다는 생각이 한순간 머리를 스쳐지나갔다.

　'너희들이 저지른 잘못을 깨닫고 인정하지 않는 한 너희 죄는 없어지지 않는 법이다. 나쁜 짓을 저질렀다는 것을 너희는 알고 있을 것이다. 제대로 된 놈이라면 자고 일어나 반성하고 아침에라도 용서를 빌러 오는 것이 정상이다. 설사 용서를 빌지는 않는다 해도 최소한 죄송하다는 생각에 조용히 잠자리에 들어야 마땅한 게 아닌가? 그런데 대체 이 소동은 뭐란 말인가? 기숙사에 돼지우리를 만들어 돼지를 치고 있을 리

만무하건만, 망나니짓도 어지간히 해야 신상에 유리할 텐데…….'

나는 속으로 이렇게 생각하며 잠옷 바람으로 숙직실을 뛰쳐나와서 세 걸음 반만에 이층으로 뛰어 올라갔다. 그런데 신기하게도 지금까지 분명히 쿵쾅거리며 소란스러웠던 것이 갑자기 조용해져서 사람소리는 커녕 발자국 소리도 들리지 않았다. 묘한 일이다.

불은 전부 꺼져 있어 도무지 어디가 어딘지 분간이 잘 되지 않았다. 동서로 길게 뻗어 있는 복도에는 쥐새끼 한 마리도 안 보였다. 복도 맨 끝 쪽에 달빛이 비추어 그쪽이 유난히 밝았다. 아무래도 이상하다.

나는 어릴 적부터 꿈을 자주 꾸는 편이다. 그런데 자다가 벌떡 일어나 알 수 없는 소리를 지껄이는 통에 사람들에게 웃음거리가 된 적이 종종 있다. 열여섯 살 때의 일이다. 꿈에서 다이아몬드를 줍는 꿈을 꾸었는데, 자다말고 벌떡 일어나 옆에서 자고 있던 형에게 방금 그 다이아몬드를 어떻게 했느냐고 마구 덤벼들었던 적이 있었다. 그때는 사흘 동안 집안의 웃음거리가 되어 난처했던 기억이 난다.

어쩌면 방금 전의 소란도 꿈이었는지 모른다. 하지만 소란이 일어난 것은 분명하다. 복도 한가운데 서서 생각에 잠겨 있는데 달빛이 비치는 저쪽 구석에서, "하나, 둘, 셋! 와아!" 하는 함성이 일제히 울리는가 싶더니 곧바로 아까처럼 박자에 맞춰서 일동이 마룻바닥을 쿵쾅거리는 소리가 들렸다. 이건 역시 꿈이 아닌 현실이다.

"조용히 해! 지금은 한밤중이다!"

나도 지지 않으려고 고함을 지르며 복도 저편으로 달려갔다. 가는 중간에는 어두웠다. 오로지 복도 끝의 달빛을 향해 달려가고 있었다.

약 4미터쯤 달려왔을까, 복도 중앙에서 뭔가 크고 딱딱한 물건에 정강이를 부딪쳤다. '아야!' 하며 아픔을 느끼는 동시에 몸은 털썩, 하는 소리와 함께 앞으로 나뒹굴었다.

"이 빌어먹을 놈들!"

나는 분개하며 일어섰지만 더 이상 뛸 수가 없었다. 마음은 급한데 다리는 말을 듣지 않았다. 답답한 마음에 한쪽 다리로 껑충껑충 뛰어갔더니 이미 발소리도 말소리도 잠잠해져서 조용할 따름이었다. 인간이 아무리 비겁하기로서니 이건 도가 지나치다. 돼지 같은 놈들이다.

이왕 이렇게 된 이상 숨어 있는 놈들을 끌어내어 용서를 빌 때까지는 물러서지 않겠다고 다짐을 했다. 그런데 방문을 열고 내부를 검사하려는데 문이 열리지 않았다. 자물쇠를 채워놓았는지 아니면 책상이나 무언가로 막아 놓았는지 아무리 밀어보아도 열리지 않았다.

이번에는 북쪽 맞은편 방을 시도해 보았다. 설마 했는데 역시 열리지 않았다. 내가 방안에 있는 놈들을 잡으려고 끙끙대는 사이에 다시 동쪽 끝에서 함성과 발 구르는 소리가 들리기 시작했다.

'이놈들이 서로 짜고 양쪽에서 나를 골탕 먹이고 있군, 그래. 이제 어떻게 해야 하나?'

속으로 이렇게 생각하면서 나는 어찌할 바를 몰랐다. 솔직히 고백하면 나는 용기만 충천했지 정작 문제를 해결하는 지혜가 부족하다. 이럴 때는 머리가 잘 돌아가지 않는다. 묘안은 없지만 결단코 굴복하지는 않을 것이다. 이대로 물러선다면 내 체면이 말이 아니다.

유감스럽게도 도쿄 태생은 나약하다는 소리를 종종 듣지만 숙직하면서 코흘리개 애송이들한테 놀림 당하고도 손도 못쓴 채 대책 없이 포기했다고 남들한테 손가락질 받게 되면 내 일생의 불명예가 될 것이다.

내가 이래봬도 근본은 하타모토(旗本: 에도시대(江戶時代)의 장군 직속의 무사)이다. 하타모토의 시조는 세이와 겐지(淸和源氏: 세이와 천황을 시조로 겐지(源氏)의 성을 가진 씨족)이고 다다노 만주(多田滿仲: 헤이안(平安) 시대의 장군—역주)의 후예다. 이런 촌구석의 농사꾼들과는 근본부터가 다르다. 다만 지금 상황에서 어찌해야 할지 대책이 금방 떠오르지 않을 뿐이다. 대책이 안 선다고 해서 결코 진다는 것은 아니다. 정직하다 보니 어떻게 해야 할지 모르겠다고 말하는 것뿐이다. 이 세상에는 결국 정의가 승리를 거두게 되어 있다는 것을 모두가 알아주었으면 좋겠다.

오늘 밤 안에 이기지 못하면 내일 이긴다. 내일도 이기지 못하면 모레 이긴다. 모레도 이기지 못하면 도시락을 싸들고 다니면서 이길 때까지 여기 있을 것이다.

이렇게 결심을 하고 복도 중앙에 책상다리를 하고 앉아서 날이 새기를 기다렸다. 윙윙, 모기가 덤볐지만 개의치 않았다. 아까 부딪힌 정강이를 만져 보니 뭔가 끈적끈적한 것이 만져졌다. 피가 흐르는 모양이었다. 나는 피 따위 제멋대로 흐를 테면 흘러라, 하고 그냥 두었다. 그러는 사이에 피로가 밀려와서 그만 꾸벅꾸벅 졸고 말았다.

주변이 소란스러워서 눈을 뜨다말고 아차, 싶어 벌떡 일어났다. 내가 앉아 있던 오른쪽 방문이 반쯤 열린 채 학생 두 명이 내 앞에 서 있었다. 정신을 차리고 바로 내 코앞에 서 있는 녀석의 다리를 힘껏 잡아당겼더니 털썩, 주저앉아버렸다.

"꼴좋다!"

남은 한 명이 약간 당황하는 것 같아 달려들어 어깨를 잡고 두서너 번 흔들었더니 얼이 빠진 듯 눈을 껌벅껌벅거렸다.

"어서 내 방으로 따라와!"

내가 소리를 지르자 두 녀석을 겁먹은 얼굴로 순순히 따라왔다. 날은 이미 밝았다.

나는 숙직실로 데리고 온 녀석들을 문초하기 시작했다. 그런데 이 녀석들은 끝까지 모른다고 우길 뿐 절대 자백할 기색을 보이지 않았다. 그러는 동안에 한두 놈씩 이층에서 숙직실로 모여들었다. 얼굴을 보니 모든 졸린 듯 눈이 퉁퉁 부어 있었다. 한심한 몰골들이다.

"하룻밤을 못 잤다고 그 상판을 해서야 어디 사내라고 할 수 있겠나? 당장 가서 세수나 하고 와서 얘기하기로 하지!"

그런데 녀석들은 꿈쩍도 하지 않는 것이다. 오십 명 남짓한 녀석들을 상대로 약 한 시간 가량을 옥신각신하고 있는데 불쑥 너구리가 나타났다. 나중에 안 사실이지만, 사환이 학교에 소동이 났다고 일부러 교장한테 일러바친 모양이었다.

'못난 놈 같으니라고……. 이깟 일로 교장을 부르다니, 그러니까 중학교 사환이나 하고 살지' 하고 나는 속으로 중얼거렸다.

그런 다음, 나는 교장에게 대충의 상황 설명을 했다. 교장은 학생들의 변명도 잠깐 들어주었다.

"추후 처분이 내려질 때까지는 평소대로 등교한다! 수업에 늦지 않게 서둘러 세수를 하고 아침을 먹도록!"

교장은 기숙생 전원을 놓아주었다. 참으로 흐리멍텅한 처사가 아닐 수 없다. 나 같으면 그 자리에서 기숙생 전원을 퇴학시켜버릴 것이다. 이렇게 무사태평으로 일처리를 하니 학생들이 숙직 담당 교사를 우습게 아는 것이 아닌가. 심지어 내게는 밤새 신경 쓰느라 피곤할 테니 오늘 수업은 쉬어도 좋다고 말하는 것이었다. 나는 이렇게 대답했다.

"아뇨, 전혀 걱정 안 하셔도 됩니다. 이런 일이 매일밤 일어난다 해도 목숨이 붙어 있는 이상 끄덕도 없습니다. 하룻밤 못 잤다고 수업을 못 할 정도면 받은 월급 중에서 그만큼을 학교에 되돌려 드리겠습니다."

교장은 무슨 생각이 들었는지 내 얼굴을 한참 들여다보더니 이렇게 말했다.

"그런데 얼굴이 상당히 부어 있는데요?"

그러고 보니 어쩐지 얼굴이 무거운 느낌이 들었다. 게다가 얼굴이 온통 가렵다. 모기에게 어지간히 뜯겼나 보다. 나는 얼굴 전체를 북북 긁으면서 말했다.

"얼굴은 아무리 부어도 입은 놀릴 수 있으니 수업에는 지장이 없습니다."

내가 이렇게 대답하자 교장은 웃으면서, "정말 대단하시군요"라고 칭찬했다. 그건 아마 칭찬이 아니라 비꼬는 것일 테지······.

낚시 놀이

"자네, 낚시하러 가지 않겠나?"

빨강셔츠가 어느 날 내게 물어왔다. 빨강셔츠는 기분 나쁠 정도로 간드러진 목소리를 내는 남자다. 남자인지 여자인지 분간이 가지 않을 정도로 말이다. 적어도 남자라면 남자다운 목소리를 내는 것이 정상이 아닐까. 게다가 대학까지 나온 사람이 아닌가. 물리학부 출신인 나도 남자다운 소리를 내는데 문학가가 이래서야 영 꼴불견이 아닌가 말이다.

"글쎄요……."

나는 별로 내키지 않다는 투로 대답했다. 그러자 빨강셔츠는 내게 이렇게 물었다.

"낚시를 해 본 적은 있는가?"

여간 무례한 질문이 아니다.

"그다지 많지는 않지만 어렸을 때 고우메(小梅) 유료 낚시터에서 붕어를 세 마리 낚은 적이 있고, 그 후에 가구라자카(神樂坂)에 있는 비샤몬(毘沙門: 사천왕 중의 하나로 북방을 지키는 수호신—역주)의 제삿날에 8척(八尺: 약 25센티미터—역주)쯤 되는 잉어가 낚시 바늘에 걸렸기에 옳거니, 하고 잡아당기려는 순간 '첨벙' 하고 떨어져 놓치고 말았지요. 지금 생각해도 아깝다는 생각이 듭니다."

내가 말을 마치자 빨강서츠는 턱을 앞으로 내밀고는, "호호호"하고 웃었다. 뭐가 우스운지 모르겠지만 웃음소리까지 유별나다.

"그렇다면 아직 낚시의 묘미를 모르겠구먼. 원한다면 한 수 가르쳐 주겠네."

이번에는 꽤 잘난 척까지 한다.

'누가 자기한테 배우기나 한다나? 도대체 낚시나 사냥을 하는 족속들은 모두가 몰인정한 인간들뿐이라니까. 비정하지 않다면 살아 있는 생명을 죽이고서 즐거워할 리가 없지. 물고기든 새든 죽는 것보다는 살아 있는 편이 좋지 않은가 말이다. 낚시나 사냥이 생계수단이라면 몰라도, 사는데 별 지장이 없으면서 살아 있는 생명체를 죽이다니 참 배부른 소리지.'

나는 속으로 이렇게 생각했지만 잠자코 있었다. 상대방이 문학가인 만큼 언변에 능하므로 논쟁을 시작했다가는 당할 재간이 없었기 때문이었다. 그러자 이 양반이 남의 속도 모르고 마치 자신이 이긴 줄 착각하는 듯했다.

"바로 전수를 해 줄 테니 시간 있으면 오늘 같이 가는 게 어떻겠나? 단 둘이서 가면 적적할 테니 요시카와(吉川) 군과 함께 오시게"라며 자꾸 재촉했다.

요시카와 군이란 미술 선생을 말한다. 앞에서도 언급했지만 내가 붙인 별명은 알랑방귀다. 이 알랑방귀는 무슨 속셈인지 빨강셔츠의 집에 아침저녁으로 드나들면서 어디든지 따라다닌다. 동료로서가 아니라 마치 부하처럼 말이다.

나도 사람이다. 아무리 서투르다고는 하나, 낚싯줄만 던진다면 뭐든 걸려들 것이다. 내가 여기서 안 간다고 하면 빨강셔츠는 분명히 내가 싫어서 안 가는 것이 아니고, 낚시가 서툴러서 안 간다고 생각할 것이 뻔했다. 그래서 나는 그의 권유를 받아들이기로 했다.

퇴근을 하고 일단 하숙집에 가서 준비물을 챙겼다. 그런 후 기차역에서 빨강셔츠와 알랑방귀를 만나서 기차를 타고 바닷가로 갔다. 사공은 한 명이었고, 배는 좁고 긴 모양을 하고 있었는데 도쿄 근방에서는 본 적이 없는 모양의 배였다. 아까부터 배 안을 둘러보았지만 낚싯대라곤 어디에도 눈에 띄지 않았다. 낚싯대 없이 어떻게 낚시를 할 작정일까? 나는 궁금한 나머지 알랑방귀에게 물어보았다. 그랬더니,

"바다낚시에는 낚싯대를 사용하지 않죠. 낚싯줄만 있으면 됩니다."

알랑방귀는 턱을 만지며 마치 전문가라도 된 양 말했다. 이렇게 창피를 당할 줄 알았다면 잠자코 있을 걸 그랬다.

사공은 힘도 들이지 않고 천천히 노를 저어 나갔는데도 뒤를 돌아보

니 해변이 조그맣게 보일 정도로 어느새 멀리까지 나와 있었다. 역시 숙련된 솜씨는 다르다는 생각이 들었다. 멀리 저편에 초록 섬 하나가 동그라니 떠 있었다. 그 섬은 사람이 살고 있지 않는 무인도라고 한다. 자세히 보니 돌과 소나무가 온통 섬을 에워싸고 있었다. 역시 사람 살 곳이 못 되는 것 같았다. 빨강셔츠는 경치가 좋다며 줄곧 감탄사를 연발했고 알랑방귀도 역시 절경이라며 맞장구를 쳤다. 과연 절경인지 어떤지는 잘 모르겠으나 기분이 상쾌한 것만은 사실이었다.

배는 섬을 오른쪽으로 끼고 돌았다. 물결은 잠잠했다. 이것이 바다인가 싶을 정도로 파도가 잔잔했다. 어쨌든 빨강셔츠 덕분에 상쾌한 기분을 만끽하게 되었다. 할 수만 있다면 저기 보이는 섬에 가 보고 싶었다.

"저 바위 있는 곳에는 배를 댈 수 없나요?"

"대지 못할 것은 없지만, 낚시를 하기에는 바위 쪽이 그다지 좋지 않지."

빨강셔츠가 이렇게 말하기에 나는 잠자코 있었다.

"저 바위 위는 어때요? 라파엘로(이탈리아 화가, 1483~1520)의 마돈나(성모 마리아를 일컬음) 상을 세워놓으면 좋은 그림이 될 것 같은데요?"

알랑방귀가 말했다.

"마돈나 얘기는 그만두기로 하지. 호호호!"

빨강셔츠가 비위에 거슬리는 소리를 내며 웃었다

"어떻습니까? 아무도 없으니 괜찮습니다."

알랑방귀가 내 쪽을 힐끗 보더니 얼른 외면하며 실실 웃었다. 나는 왠지 불쾌한 기분이 들었다. 마돈나가 되었건 마누라가 되었건 간에 나하고는 상관없는 일이다. 하지만 사람이 알아들을 수 없는 소리를 지껄이면서 상대는 못 알아들으니 상관없다는 식의 처사는 무례하기 짝이 없다.

마돈나는 아마도 빨강셔츠의 단골 기생의 이름쯤 되는 것 같다. 단골집 기생을 무인도 소나무 아래에 세워놓고 바라보겠다니 참으로 어이없는 짓거리다. 그것을 알랑방귀가 화폭에 담아 전시회에 출품이라도 하게 된다면 가관일 것이다.

"여기가 좋을 것 같습니다."

사공이 배를 멈추고 닻을 내렸다. 빨강셔츠가 몇 길(길이의 한 단위로, 한 길은 두 팔을 쭉 뻗었을 때의 길이. 약 1.8미터에 해당함)이나 되냐고 물었더니, 여섯 길 정도라고 대답했다.

"여섯 길 정도면 도미는 어렵겠는걸……."

빨강셔츠는 이렇게 말하면서 낚싯줄을 바다에 던졌다. 도미를 낚을 심산인가 보았다.

"별 말씀을요, 교감 선생님 정도의 실력이면 충분히 잡고도 남습니다. 게다가 파도도 잔잔하지 않습니까."

알랑방귀가 비위를 맞추면서 자기도 줄을 풀어서 바다로 던졌다. 낚싯줄 끝에는 낚시추 같은 납덩이가 매달려 있을 뿐 낚시찌가 없었다.

"자, 자네도 한번 해 보지 그래. 줄은 있는가?"

"줄은 남을 정도로 있습니다만 낚시찌가 없습니다."

"낚시찌가 없어서 낚시를 못한다면 초보자로군. 자, 이렇게 해 보게. 줄을 물 밑바닥까지 닿게 하고서 뱃전에서 집게손가락으로 움직임을 살피는 걸세. 그러다 놈들이 물면 바로 손으로 느낌이 올 걸세. 어이쿠, 물었다!"

빨강셔츠가 이렇게 설명을 하면서 갑자기 줄을 잡아채길래, '잡혔구나!' 싶었는데 아무 것도 없었다. 미끼만 뜯긴 모양이었다. 나는 속으로 고소했다.

"교감 선생님, 아깝습니다! 큰놈이 분명한데 교감 선생님 솜씨로도 놓치신다면, 오늘은 영 운이 안 따라 줄 것 같은데요. 하지만 놓쳤어도 말입니다, 낚시찌와 눈싸움만 하고 있는 사람보다는 훨씬 낫습니다. 마치 브레이크가 없다고 자전거를 못 타겠다는 것과 같은 이치가 아닐까요?"

알랑방귀는 이렇게 얄미운 소리만 골라서 지껄이고 있다. 그 주둥아리를 한방 먹이고 싶다는 생각이 간절했다. 나도 사람이다. 교감이 혼자서 바다를 전세 낸 것도 아닐 테고 바다는 넓다. 다랑어 한 마리 정도는 체면 유지용으로 걸려줄 만도 하다는 생각에 텀벙, 하고 추와 줄을 집어 던지고는 적당히 손가락 끝으로 조정하고 있었다.

잠시 후에 뭔가가 툭툭, 하고 줄에 닿는 느낌이 들었다. 나는 생각했다.

'이건 분명 물고기다. 살아 있는 놈이 아니라면 이렇게 툭툭, 거릴 리가 없어. 됐다, 걸렸어! 하며 줄을 있는 힘껏 잡아당겼다.

"저런! 물었어요? 청출어람이라더니만, 과연……."

알랑방귀가 빈정거리고 있는 동안 줄을 이미 거의 끌어올려서 한 다섯 척(약 1미터 반) 정도만 끌어올리면 되었다. 뱃전에서 내려다보니 금붕어처럼 줄무늬가 있는 물고기가 줄에 걸려서 좌우로 팔딱거리며 내 손에 이끌려 올라오고 있었다. 신이 났다. 수면에서 끌어올릴 때 물고기가 파닥거리며 날뛰는 바람에 내 얼굴은 온통 바닷물 범벅이 되었다. 겨우 붙잡아서 낚시 바늘을 빼려고 했지만 여간해서 잘 빠지지 않았다. 고기를 붙잡고 있는 손이 미끄덩거렸다. 비위가 상했다. 나는 귀찮은 생각이 들어서 줄째 바닥에 내리쳤더니 이내 죽어버렸다.

빨강셔츠와 알랑방귀는 놀란 표정으로 그 광경을 지켜보고 있었다. 나는 바닷물에 손을 대충 씻고는 코끝에 대고 냄새를 맡아보았다. 씻었는데도 계속 비린내가 진동을 한다.

이젠 어떤 물고기를 잡는다 하더라도 만지고 싶지 않았다. 물고기 역시도 내 손에 잡히고 싶지 않을 것이다. 내가 서둘러 줄을 감아버리자 알랑방귀가 또 건방진 소리를 한마디 한다.

"첫 수확치고 훌륭하지만 고르키(놀래기와 비슷한 물고기—역주) 정도 가지고서야 어디……."

"고르키라고 하니 꼭 러시아 문학가 고리키(1868~1936)를 말하는 것 같구먼."

빨강셔츠가 한소리 거든다.

"그러네요. 정말 러시아의 대문호인 고리키와 비슷한 이름이네요."

알랑방귀는 곧바로 맞장구를 친다. 이 빨강셔츠는 누구를 만나든지 외국어 한마디를 섞어야 직성이 풀리는 매우 고약한 버릇을 가지고 있다.

사람은 저마다 자신만의 전문분야가 있다. 나 같은 수학 교사가 고리키인지 샤리키(車力: 인력거꾼)인지를 어떻게 분간할 수 있단 말인가. 좀 알 만한 소리를 지껄여주면 좋으련만.

이왕 할 거라면, 프랭클린(Benjamin Franklin: 1706~1790, 미국의 정치가이자 과학자)의 자서전이라든가, 'Pushing to the front' (당시에 교과서에서 다루었던 입신출세 이야기)라든가 내가 잘 알고 있는 이름을 대면 얼마나 좋은가 말이다.

험담꾼 빨강셔츠

그 후로 빨강셔츠와 알랑방귀는 열심히 낚시질을 했는데, 약 한 시간 동안 둘이서 열대여섯 마리 정도를 낚았다. 그런데 이상하게도 낚는 물고기마다 고르키 일색이었다. 도미 같은 것은 눈을 씻고 찾아봐도 한 마리도 보이지 않았다.

사공에게 물어보니 이 작은 물고기 고르키는 가시가 많고 맛이 없어서 사람이 먹지는 못하고 거름으로만 쓸 수 있다고 한다. 빨강셔츠와 알랑방귀는 그동안 열심히 거름을 낚고 있었던 셈이다. 가엾기가 이루 말할 수 없다. 나는 한 마리 낚았는데도 사지가 뻐근하여 배 바닥에 누워 줄곧 드높은 하늘을 바라보고 있었다. 낚시보다는 이 편이 훨씬 더 운치가 있고 좋았다.

그러자 두 사람은 작은 소리로 소곤소곤 무슨 이야기인지 나누기 시작했다. 잘 들리지는 않았지만 그렇다고 듣고 싶은 마음도 없었다. 나는 하늘을 바라보면서 기요를 생각하고 있었다. 무슨 일인지 두 사람은 킬킬대며 웃기 시작했다. 웃으면서 중간 중간 무슨 말인가를 하는데 도무지 알아들을 수가 없었다.

"네, 어쩐지……"

"……그렇고말고요. 모르니까 그렇지요. 그건 못할 짓이지요."

"설마……"

"메뚜기를……. 정말 그렇다니깐요."

나는 다른 말은 신경에 거슬리지 않았지만, '메뚜기'라는 말에는 정신이 번쩍 들었다. 알랑방귀는 무슨 연유인지 '메뚜기'라는 말만은 힘주어 똑똑하게 말하고는 그 뒷말은 일부러 말끝을 흐려버렸다. 나는 꼼짝 않고 계속 듣고 있었다.

"또 그 훗타가……"

"그런지도 모르지……"

"덴푸라……. 하하하하하."

"……선동해서……"

"경단도……?"

대화는 이렇게 띄엄띄엄 이어졌지만 메뚜기라는 둥, 덴푸라라는 둥, 경단이라는 둥의 단어로 미뤄볼 때 아무래도 귓속말로 내 흉을 보고 있는 게 틀림없었다. 얘기를 하려면 좀더 큰 목소리로 하던가, 아니면 몰래 내 욕을 하려거든 날 데려오질 말던지 해야지 참 고약한 놈들이다.

메뚜기든 풀무치든 내게 잘못이 있는 것이 아니다. 교장이 우선 자신에게 맡기라고 했으니 너구리의 체면을 봐서 지금 참고 있는 중이었다. 알랑방귀 주제에 별 쓸데없는 참견을 다 한다. 미술 붓이나 빨면서 틀어박혀 있을 일이지 왜 남의 일에 감나라 배나라 하는지 모르겠다. 내 일은 언제가 되든지 내 스스로 해결할 것이므로 상관은 없지만, "또 그 홋타가……"라든지, "……선동해서"라는 말에는 신경이 쓰였다.

홋타가 나를 부추겨서 사건을 크게 만들었다는 건지, 아니면 홋타가 학생들을 선동해서 나를 괴롭혔다는 것인지 도무지 갈피를 잡을 수가 없었다. 푸른 하늘을 보고 있으려니 햇빛이 점점 약해지면서 약간 서늘한 바람이 불기 시작했다. 모기향의 연기 같은 구름이 투명한 바다 위를 조용히 퍼져나가는가 싶더니 어느새 바다 속 깊이 흘러 들어가서 엷은 안개로 피어올랐다.

"이제 슬슬 돌아갈까?" 하고 빨강셔츠가 생각난 듯 말했다.

"네, 마침 돌아갈 시간이 되었네요. 오늘 밤에 마돈나 아가씨를 만나러 가십니까?"

알랑방귀가 묻자 빨강셔츠는, "쓸데없는 소리 말게. 누가 들으면 어쩌려고?" 라고 말하며 뱃전에 싣고 있던 몸을 조금 일으켜 고쳐 앉았다.

"에헤헤헤! 들어도 상관없어요."

알랑방귀가 헤헤거리며 뒤돌아보자 난 눈을 부릅뜨고 그를 정면으로 쏘아보았다. 알랑방귀는 일부러 눈부신 척하며 벌렁 드러누웠다.

"야, 이건 항복인데!" 라고 하며 목을 움츠리며 머리를 긁적거렸다.

아무리 봐도 건방진 놈이다.

배는 잔잔한 바다를 가로질러 해변으로 향했다.

"자네는 낚시를 그다지 좋아하지 않는 것 같군."

빨강셔츠가 물었다.

"예, 누워서 하늘을 보는 것이 더 좋습니다."

나는 이렇게 대답하고는 피우던 담배를 바다 속으로 던졌다. '지익' 하는 소리를 내며 담배가 노 끝으로 갈라지는 물결 위를 넘실거리며 떠다니고 있었다.

"자네가 와서 학생들도 매우 좋아하고 있으니 더 분발하길 바라네."

이번에는 낚시와는 전혀 상관없는 이야기를 꺼냈다.

"별로 좋아하는 것 같지 않은데요?"

"아니네, 빈말이 아니야. 정말 기뻐하고 있단 말일세. 그렇지 않은가, 요시카와 선생?"

"아휴, 기뻐하는 정도가 아니라 야단법석입니다."

알랑방귀는 또 실실거리며 웃고 있었다. 이상하게도 이 녀석이 하는 말은 다 신경이 거슬린다.

"하지만 자네, 조심해야 할 걸세. 위험해지는 수가 있어.

빨강셔츠가 말했다.

"어차피 세상살이가 다 그런 거 아니겠습니까? 이렇게 된 이상 각오는 하고 있습니다"라고 나는 대답해 주었다.

사실 나는 학교를 그만두든지, 아니면 기숙생 놈들을 모조리 불러모아 사과를 받아내든지 둘 중의 하나를 궁리하고 있었다.

"자네가 그렇게 말한다면 더 이상 할말은 없네만……. 사실은 교감으로서 자네를 위하는 마음에서 하는 말이니 오해하지 않기 바라네."

"교감 선생님께서는 선생님께 많은 호의를 갖고 계십니다. 저도 힘은 없지만 같은 에돗코로서 선생님이 오래도록 이 학교에 남아주셨으면 하고 바라고 있습니다. 서로에게 힘이 되었으면 하는 바람에서 나름대로 애를 쓰고 있답니다."

알랑방귀가 모처럼 사람다운 소리를 했다. 하지만 알랑방귀 따위에게 신세를 질 정도라면 목을 매고 죽고 말겠다.

"그래서 하는 말인데, 학생들은 자네가 부임한 것을 대대적으로 환영하고 있다네. 여러 가지 사정상 자네가 화나는 일도 있겠지만 그런 때일수록 참아야 한다고 생각하면서 자중해 주기 바라네. 결코 자네한테 해로운 일은 하지 않을 테니까."

"여러 가지 사정이라니요, 어떤 사정입니까?"

"그건 차차 알게 될 걸세. 자네에게는 미안한 말이지만, 자네는 이제 갓 졸업한 햇병아리 교사이지 않은가? 그런데 학교란 곳은 여러 가지 상황이 복잡하게 얽혀 있는 곳이라서 그리 간단하게 설명되는 문제가 아니라네. 자네가 어렵사리 이곳까지 왔는데 여기서 잘못된다면 우리도 자네를 청한 보람이 없지 않겠나. 아무쪼록 조심해 주기 바라네."

"조심하다니요, 더 이상 무엇을 조심하라는 말씀인지요? 나쁜 짓만 하지 않으면 되는 것 아닌가요?"

"호호호호!" 하고 빨강서츠는 웃었다.

생각해 보면 세상 사람들 대부분이 옳지 못한 일을 부추기고 있는 것 같다. 악하게 굴지 않으면 사회에서 성공할 수 없다는 인식이 팽배해 있는 듯하다. 가끔 순진하고 솔직한 사람을 보면, '샌님' 이니, '쑥맥' 이니 하면서 트집잡고 경멸하는 분위기다.

그렇다면 초등학교나 중학교에서 윤리 시간에 왜 '거짓말을 하지 말' 라든가, '정직하게 살라' 고 가르치는 것인가? 오히려 대담하게 '거짓말하는 비법' 이라든가, '사람을 믿지 않는 술법', 또는 '사람을 속이는 술책' 등을 학교에서 가르치는 편이 세상을 위해서도 당사자를 위해서도 도움이 되는 것이 아닌가 말이다.

빨강셔츠가 웃은 이유는 나의 단순함 때문일 것이다. 단순함이나 솔직함을 그대로 드러내는 것이 비웃음을 사는 세상이라면 어쩔 수 없는 일이다. 기요는 그런 날 비웃은 적이 한 번도 없었다. 오히려 진지하게 내 얘기를 들어 주었다. 그러니까 기요가 빨강셔츠보다 훨씬 훌륭한 사람이다.

"물론 나쁜 짓을 안 하면 좋겠지만, 자기만 착하게 살고 남의 나쁜 짓을 모른 체한다면 화를 당하게 되어 있네. 세상에는 털털하고 담백해 보이면서 친절하게 하숙 알선 같은 것을 해 주어도 절대 안심할 수 없는 사람도 있는 법일세……. 후, 이제 날이 제법 쌀쌀해졌군. 벌써 가을이 오고 있어. 해변 쪽은 안개에 젖어 암갈색으로 물들었군. 경치가 좋아. 이보게, 요시카와 군! 어떤가? 저 바다 풍경이?"

빨강셔츠가 큰소리로 알랑방귀를 불렀다.

"과연 절경입니다! 시간이 있다면 얼른 스케치라도 해놓는 건데……. 그냥 보기에는 너무 아까운 풍경인데요."

알랑방귀는 야단스럽게 떠들어댄다.

미나토야(港屋) 2층에 불이 밝혀지고, 기적소리가 뚜~, 하고 울릴 때 내가 타고 있던 배는 바닷가 모래밭에 뱃머리를 박고 정박했다.

"일찍 돌아오셨네요."

여주인이 바닷가에 서서 빨강셔츠에게 인사를 건넸다. 나는 뱃전에서 '얍! 하는 기합소리를 내며 해변으로 뛰어내렸다.

제4편 교무실

멧돼지와의 싸움

　나는 알랑방귀란 놈이 정말 싫다. 그런 놈은 맷돌을 몸에 매달아 바다 속 깊숙이 던져버리는 것이 나라를 위해서도 유익한 일이다. 빨강셔츠는 목소리가 마음에 들지 않는다. 그 작자는 타고난 목소리를 과장해서 고상한 듯 부드러운 목소리를 내고 있다. 제아무리 잘난 척한다 해도 그 얼굴로는 어림도 없다. 행여 그 낯짝을 보고 반하는 사람이 있다면 아마 마돈나 같은 기생 정도일 것이다. 하지만 직책이 교감이니만큼 알랑방귀보다는 유식한 말을 하는 건 사실이다.

　집에 돌아와서 빨강셔츠가 한 말을 곰곰이 생각해 보니 우선은 그럴듯했다. 자세한 얘기는 하지 않았기 때문에 알 수는 없지만, 어쨌든 멧돼지가 나쁜 놈이니까 조심하라는 뜻인 것 같다. 그것이 사실이라면 분명하게 그렇다고 말해 주면 되지 않는가 말이다. 정말 사내답지 못한 행동이다. 그리고 그가 정말 나쁜 교사라면 면직을 시키면 될 것이 아닌가.

아무래도 요지경 같은 세상이다. 주는 것 없이 얄미운 녀석이 친절하게 대해 주고, 마음에 맞는 친구가 나쁜 놈이라니 참 어처구니가 없다. 아마 시골 촌구석이라 그런지 도쿄와는 모든 것이 정반대로 돌아가는 모양이었다. 정말 어수선한 곳이다. 이렇게 나가다가는 불이 물이 되고 돌이 두부가 되어버릴지도 모를 일이다.

그러나 멧돼지가 학생들을 선동했다니, 그런 장난을 칠 위인은 아닌 것 같아 보이는데 믿을 수 없는 일이다. 하기야 제일 인망 있는 교사로 학생들이 따르고 있으니 마음만 먹으면 무슨 일인들 못하랴마는……. 그렇다면 번거롭게 뒤에서 수작을 부리지 말고 직접 나를 붙잡고 한판 벌이는 편이 훨씬 수월할 텐데 말이다.

만약 내가 눈엣가시라면 사실은 이러저러해서 방해가 되니 학교에서 나가 달라고 하면 나는 내일이라도 당장 그만둘 자세가 되어 있다. 직장이야 또 구하면 되는 것이 아닌가. 이 세상 끝까지 간다 해도 길바닥에 쓰러져 굶어 죽지는 않을 것이다. 멧돼지도 어지간히 답답한 작자라는 생각이 든다.

내가 이 곳에 처음 부임하던 날, 제일 먼저 빙수를 사 준 사람이 바로 멧돼지였다. 그렇게 겉과 속이 다른 작자로부터 빙수를 얻어먹었다니 내 체면이 영 말이 아니다. 딱 한 그릇만 얻어먹었으니까 1전 5리의 빚을 진 셈이다. 그러나 1전 5리이든 얼마든 간에 사기꾼에게 은혜를 입었다면 죽을 때까지 마음이 편치 않을 것이다. 내일 학교에 가서 당장 되돌려줘야겠다.

그래도 나는 멧돼지에게 1전 5리어치의 빙수를 얻어먹었지만 백만 냥에 해당하는 비싼 답례로 되갚았다고 생각한다. 멧돼지는 내게 고마운 줄 알아야 한다. 그런데도 비겁하게 뒤통수를 치다니 괘씸한 녀석이다. 내일 가서 1전 5리를 갚고 나면 빚이 깨끗하게 없어진다. 그런 후에 당당하게 싸울 참이다.

여기까지 생각하자 졸음이 밀려와서 잠이 들었다. 이튿날은 마음먹은 바가 있어서 다른 때보다 일찍 출근을 해서 멧돼지를 기다렸다. 그런데 어쩐 일인지 멧돼지가 좀처럼 나타나지 않는 것이었다. 끝물호박이 나타났다. 한문 선생이 오고 알랑방귀가 오고 마지막으로 빨강셔츠까지 왔지만 멧돼지의 책상 위에는 분필 한 자루만이 덩그러니 놓여 있을 뿐 도무지 나타날 기미가 보이질 않았다.

나는 교무실에 들어가는 즉시 돈을 갚을 요량으로 하숙집을 나서면서부터 마치 목욕 요금을 손에 쥔 양 1전 5리를 손에 꼭 쥔 채 학교까지 왔다. 나는 땀을 잘 흘리는 체질이므로 손에 땀이 흥건하게 고여 있었다. 손을 펴보니 1전 5리가 땀에 흠뻑 젖어 있었다. 땀에 젖은 돈을 주면 멧돼지가 어떻게 생각할지 몰라 책상 위에 놓고 후후 불고 난 후에 다시 손에 쥐었다. 그때 마침 빨강셔츠가 왔다.

"어제는 실례했네. 귀찮게 한 건 아닌지……."

"귀찮지는 않았습니다만 덕분에 배가 좀 고팠습니다."

"그런데, 자네 어제 돌아오는 배에서 한 얘기는 비밀로 해 주게나. 아직 아무한테도 말하지 않았겠지?"

빨강셔츠는 목소리만 계집애 같은 것이 아니라 영락없이 잔격정도 많은 인물이다. 아무에게도 말을 안 한 것은 사실이다. 그러나 지금부터 얘기할 작정으로 이미 1전 5리까지 준비하고 있기 때문에 여기서 빨강셔츠에게 입막음을 당한다면 조금 곤란하게 된다.

나는 아무한테도 말을 안 했지만 지금부터 멧돼지와 담판을 지을 작정이라고 말했더니 빨강셔츠는 몹시 당황했다.

"자네, 그런 무모한 짓을 하면 곤란하네. 나는 홋타 군의 이름을 들먹이며 특별히 자네에게 말한 기억이 없네. 자네가 만약 여기서 내 말을 듣지 않고 멋대로 행동한다면 내 입장이 매우 난처하게 된다네. 설마, 자네 학교에 소란을 피우러 학교에 온 것은 아닐 테지."

빨강셔츠가 이렇게 말도 안 되는 이상한 소리를 지껄이길래 나는 이렇게 대답했다.

"당연한 말씀입니다. 월급을 받고 일하면서 소란이나 피운다면 분명히 학교측에 피해를 주게 되는 것이지요."

"그러면 어제 일은 자네 혼자서만 알고 있고 입 밖에는 내지 말아주게나."

빨강셔츠는 진땀을 흘리며 내게 부탁했다.

"좋습니다. 저도 곤란한 점은 있지만 교감 선생님께서 그토록 입장이 곤란스러우시다면 그만두겠습니다."

나는 이렇게 대답했다.

그러는 동안에 양옆의 책상 주인들도 다 나왔고, 빨강셔츠는 서둘러 자기 자리로 돌아갔다. 빨강셔츠는 걸음걸이까지 특이하다. 그는 실내를 다닐 때도 소리가 나지 않게 구두 뒷축을 살짝 내린다. 소리를 내지 않고 걷는 것이 자랑거리가 된다는 것을 나는 그때서야 처음 알게 되었다. 도둑질 연습을 하는 것도 아닐 테고 그냥 자연스럽게 걸으면 되는 것이 아닐까.

드디어 수업 시작종이 울렸다. 멧돼지는 끝내 나타나지 않았다. 하는 수 없이 돈을 책상 위에 올려놓은 채 수업에 들어갔다. 수업이 생각보다 약간 길어져서 첫 시간을 조금 늦게 마치고 교무실로 돌아갔다. 그 랬더니 교사들이 모여서 잡담을 나누고 있었다. 멧돼지도 어느 틈엔가 와 있었다. 결근인가 싶었는데 지각을 한 것이었다. 그는 나를 보자마자 대뜸 이렇게 말했다.

"오늘은 자네 덕분에 지각을 한 걸세. 그러니 자네가 벌금 좀 내주게 나."

나는 책상 위에 놓아두었던 1전 5리를 멧돼지 앞에 내놓으며 말했다.

"이걸 받아두게. 요전에 도오리초에서 먹은 빙수 값일세."

"지금 무슨 소릴 하고 있나, 자네?"

멧돼지는 웃으며 말했지만 이내 내 표정이 심각한 것을 보고는 돈을 내 책상 위에 도로 밀어 놓으며 말했다.

"쓸데없는 농담하지 말게나. 사람, 싱겁기는……"

'요것 봐라, 끝까지 내게 한턱 낼 심산이었나?

나는 속으로 그런 생각을 하면서 말했다.

"농담이 아니라 진심이네. 나는 자네한테 빙수를 대접받을 이유가 없어서 갚는 걸세. 받아두게."

"그렇게 1전 5리가 마음에 걸린다면 받아두겠네. 그런데 왜 이제 와서 그 돈을 갚겠다는 거지?"

"이제고 뭐고 생각이 나서 갚는 걸세. 나는 누구한테 대접받는 것이 싫어서 말이지."

"흥!"

멧돼지는 차가운 시선으로 나를 흘겨보았다. 빨강셔츠의 부탁이 없었더라면 여기서 멧돼지의 비겁함을 폭로하고 대판 싸움이 붙었을 터였다. 입을 다물기로 약속을 한 까닭에 꿈쩍도 할 수가 없었다. 남은 이렇게 열받아 있는데 "흥!" 이라니……. 어디 될 법이나 한 소리인가?

"그럼 빙수 값은 받을 테니 하숙방은 비워 주게."

"1전 5리를 받으면 그걸로 된 거지, 내가 하숙방을 나가든 말든 그게 자네와 무슨 상관인가?"

"상관없지가 않으니 하는 소릴세. 어제 그 집주인이 내게 와서 자네가 나가주었으면 하는 이야기를 하더군. 그 내막을 들어보니 집주인의 말에도 일리가 있더구먼. 그래도 한 번 더 확인해 볼 양으로 오늘 아침 자네 하숙집에 들러 자초지종을 듣고 오는 길일세."

나는 지금 멧돼지가 무슨 얘기를 하고 있는지 도무지 알아들을 수가 없었다.

　"주인이 자네에게 무슨 소리를 했는지 내가 알 바 아니네. 그렇다고 자기 멋대로 그걸 결정하는 법이 어디 있는가? 그럴만한 이유가 있다면 이유를 대는 것이 순서가 아닐 텐가? 처음부터 주인이 하는 말만 듣고 일리가 있다니, 그런 무례한 말이 어디 있는가?"

　"정 그렇다면 내가 말해 주겠네. 자네가 너무 괴팍해서 하숙집에서 골치를 썩고 있다네. 아무리 하숙집 안주인이라고는 하지만 하녀하고는 다르다네. 그런데 발을 내밀며 씻으라고 하다니 너무한 것 아닌가?"

　"내가 언제 그 여편네한테 내 발을 씻으라고 했단 말인가?"

　"발을 씻게 했는지 어땠는지는 모르겠지만 아무튼 저쪽에서는 자네 때문에 골머리를 앓고 있는 눈치더란 말이네. 하숙비 10엔이나 15엔 정도는 족자 한 폭 값에 지나지 않는다고 하더군."

　"별 이상한 소리 다 듣겠군, 그래. 그러면 왜 처음부터 날 들인 겐가?"

　"그거야 나도 모를 일이지. 처음에는 멋모르고 들였는데 이제는 넌 덜머리가 났으니 나가라고 하는 게지. 여하튼 자네가 방을 빼주게나."

　"물론이지. 있어 달라고 싹싹 빌어도 내가 나가네. 무엇보다도 그런 트집을 부리는 집구석에 나를 소개한 자네부터가 괘씸하기 그지없네."

　"내가 괘씸한 건지, 자네가 발칙한 건지, 둘 중 하나이겠네, 그려."

　멧돼지도 나 못지않을 만큼 괄괄한 성격의 소유자라 지지 않으려고 큰 소리를 질렀다. 교무실에 있던 사람들이 무슨 일인가 싶어 모두 나와서 턱을 길게 빼고 멧돼지 쪽을 멍하니 바라보고 있었다.

나는 특별히 부끄러운 짓을 한 것도 없어 보란듯이 일어나 교무실 안을 쓰윽 한 번 둘러보았다. 모두가 하나 같이 놀란 표정을 짓고 있는데 유독 알랑방귀만은 재미있다는 듯 히죽거리며 웃고 있었다.

내가 눈을 부릅뜨고, '네 놈도 한 번 붙어 볼 테냐?' 하며 서슬 퍼런 표정으로 알랑방귀의 호리병 같은 얼굴을 쏘아보자 알랑방귀는 찔끔하며 금세 수그러들었다. 내 눈초리에 겁을 먹은 모양이었다. 그러는 동안에 수업 시작종이 울렸다. 멧돼지도 나도 싸움을 멈추고 수업을 하러 갔다.

교직원 회의

오후에는 전날 밤 내게 무례한 행동을 한 기숙생 처분 문제에 대한 회의가 열렸다. 나는 회의란 것에 참석하는 것이 난생 처음이라 뭐가 뭔지 잘 몰랐지만 대충 보니 직원들이 모여서 이러쿵 저러쿵 지껄이면 그것을 교장이 적당한 선에서 정리하는 그런 식의 것이었다.

회의실은 교장실 옆에 있는 좁고 긴 방이었는데 평소에는 식당으로 사용하고 있다. 긴 테이블 주위에 검은 가죽을 씌운 의자가 스무 개 정도 놓여 있었는데, 언뜻 보기에 고급스러운 서양식 레스토랑의 분위기가 났다.

그 테이블 끄트머리에 교장이 앉아 있었고 교장 옆에는 빨강셔츠가 떡 버티고 있었다. 그 다음은 각자 마음대로 앉는다고 하는데, 체육 선생만은 아무리 좋은 자리를 권해도 다 마다하고 항상 말단 석에 앉는다고 한다. 나는 형편을 잘 몰라서 눈치껏 과학 선생과 한문 선생 사이에 끼여 앉았다.

맞은편을 보니 멧돼지가 알랑방귀와 나란히 앉아 있었다. 알랑방귀의 얼굴은 아무리 좋게 봐주려 해도 밥맛이다. 비록 싸움은 했지만 멧돼지 쪽이 훨씬 낫다.

"자, 이제 거의 다 모이셨죠?"

교장이 교사들을 둘러보며 말하자, 서기인 가와무라(川村)가 "하나, 둘, 셋……"하며 머릿수를 헤아려 보더니 한 명이 부족하다고 말했다. 모자랄 수밖에 없는 것이 끝물호박이 오지 않았던 것이다.

나와 끝물호박 선생은 전생에 무슨 인연이었는지 몰라도, 그를 처음 본 이후부터는 도무지 그의 모습이 머리 속에서 떠나질 않았다. 교무실에 들어오면 바로 그의 모습이 눈에 들어온다. 길을 걷다가도 그의 모습이 떠오른다. 온천에 가면 가끔 그가 창백한 모습으로 탕 속에 앉아 있다. 인사를 건네면, "네"하며 미안할 정도로 황송하게 머리를 깊이 숙인다. 나는 끝물호박만큼 점잖고 착한 사람을 지금까지 본 적이 없다. 좀처럼 웃는 일도 없었지만, 쓸데없는 말도 하지 않는다.

나는 군자(君子)라는 말을 책에서 읽어 익히 알고 있다. 하지만 이 말은 사전에만 나오는 단어로 지어낸 인물이려니 생각했었다. 그런데 이 끝물호박 선생을 만나고 나서는 실제로 그런 사람이 있기는 하다는 생각을 하게 되었다. 살아 있는 군자를 만났다고 감동할 정도였다.

"이제 곧 오실 테지요."

너구리는 자기 앞에 놓여 있던 보라색 보자기를 끌르더니 인쇄물을 읽고 있었다. 그러고 있다 보니 기다리고 있던 끝물호박 선생이 미안한 표정을 지으며 들어왔다.

"좀 사정이 생겨서 늦었습니다. 죄송합니다."

그는 정중하게 너구리에게 사과를 했다.

"그럼 지금부터 회의를 시작하겠습니다."

너구리는 우선 서기인 가와무라에게 인쇄물을 돌리게 했다. 첫째가 처분 사항, 그 다음이 학생 단속 사항, 기타 두세 조항이 있었다. 너구리는 늘 그렇듯이 점잔을 빼며 마치 자신이 교육의 화신(化神)이라도 된 양 다음과 같이 연설을 시작했다.

"학교에서 일어나는 직원과 학생들의 잘못은 모두가 저의 부덕의 소치로써, 사건이 발생할 때마다 제가 교장 자리에 있다는 사실이 한없이 부끄럽게 여겨질 때가 있습니다. 유감스럽게도 이번에도 역시 이런 소동이 일어난 것에 대해서 여러분 앞에 깊이 사과를 드리는 바입니다.

그러나 일단 일어난 일에 대해서는 어찌할 수 없으니 어떻게든 처분을 할 수밖에 없습니다. 사건의 전말에 대해서는 이미 여러분께서 다 아시고 계시니 추후의 처분에 대해서 기탄없이 말씀해 주시기 바랍니다. 참고로 하겠습니다."

교장의 말을 듣고 나니 역시 교장답게 훌륭한 소리를 한다는 생각에 감탄해 마지않았다. 그런데 생각을 해 보니 이렇게 교장이 모든 것에 대해 책임을 통감해서 자신의 부덕의 소치로 생각한다면 학생들의 처분은 그만두고 먼저 자기가 사표를 내면 되는 것이 아닌가 싶었다. 그렇게 되면 이렇게 귀찮은 회의 따위 열 필요도 없을 것일 텐데 말이다.

그런데 아무도 입을 여는 사람이 없었다. 과학 선생은 교실 지붕 위에 앉아 있는 까마귀를 쳐다보고 있었다. 한문 선생은 인쇄물을 접었다, 폈다를 되풀이하고 있다. 멧돼지는 아직도 내 얼굴을 흘겨보고 있다. 회의란 것이 이렇게 시시한 것이라면 어디 가서 낮잠이나 자는 편이 훨씬 나을 뻔했다. 나는 갑갑증이 나서 한마디 해 주려고 엉덩이를 반쯤 들어올리려는 순간 빨강셔츠가 입을 여는 바람에 그만두었다.

"저도 기숙생들의 난동 소식을 듣고 교감으로서의 책임을 다 하지 못한 점과, 평소에 덕행으로 아이들을 다스리지 못한 점을 부끄럽게 생각합니다. 하지만 이런 사고는 뭔가 문제가 있어서 일어나는 일로써 사건 그 자체를 보면 전적으로 학생의 잘못인 것처럼 보이지만, 그 진상을 규명해 보면 오히려 책임은 학교측에 있는지도 모릅니다. 그러므로 겉으로 드러난 점만으로 엄하게 다스리는 것은 오히려 아이들의 장래를 위해서도 바람직하지 않은 것 같습니다. 게다가 지금은 아이들이 한창 혈기가 왕성한 때이니 옳고 그른 것을 구분하지 못하고 무의식적으로 이런 장난을 저질렀다고 보여집니다. 따라서 처벌은 물론 교장 선생님께서 결정하실 사항이라 제가 함부로 입을 놀릴 바는 아니나, 아무쪼록 그간의 사정을 참작하시어 가능한 한 관대한 처분을 바랄 따름입니다."

너구리가 너구리답다고 한다면, 역시 빨강셔츠는 빨강셔츠답다. 학생들이 난동을 부리는 것은 학생 잘못이 아니라 교사 잘못이라고 말하고 있지 않은가? 그런 식으로 말하자면 미친놈한테 머리를 한방 얻어맞아도 맞을 짓을 했기 때문에 얻어맞았다는 소리가 아닐 텐가 말이다. 눈물나게 고마운 말씀이 아닐 수 없다.

활기가 넘쳐서 주체하지 못한다면 운동장에 나가서 씨름이라도 한판 하면 될 일이 아닌가. 아이들이 무의식적으로 메뚜기를 넣었으니 그런 일을 당하고도 바보처럼 그냥 있으란 말인가? 그런 논리대로라면, 자는 놈의 목을 베어 놓고 무의식중에 저질렀다고 하면 죄가 사해지기라도 한단 말인가?

나는 이런 생각이 들어서 무슨 말이든 하고 싶었지만, 이왕 시작할 거면 상대를 꼼짝없이 제압할 만큼 막힘없이 술술 말을 해야 했다. 하지만 평소의 내 버릇대로라면, 화가 났을 때 말을 할라치면 두세 마디에서 반드시 막혀버린다. 너구리도 빨강셔츠도 인품으로 말하자면 나보다 못한 인간들이지만, 말재주가 여간 뛰어난 게 아니어서 자칫 허튼소리를 했다가는 체면이 구겨질 것이 뻔했다. 어느 정도의 복안을 세워 볼 심산으로 속으로 문장을 만들어 보았다.

바로 그때, 앞에 있던 알랑방귀가 갑자기 벌떡 일어서는 바람에 깜짝 놀랐다. 알랑방귀 주제에 무슨 의견이 있다고, 건방진 놈! 그는 여전히 실실거리는 말투로 말을 하기 시작했다.

"사실 이번 메뚜기 사건과 고함 사건은, 양식 있는 교직원으로서 우리 학교의 장래에 대해 심히 걱정이 되지 않을 수 없는 보기 드문 사건이라 사료됩니다. 우리 직원들은 이번 일을 계기로 분발하여 자신을 반성하고 해이해진 전교의 풍기를 바로잡지 않으면 안 됩니다. 따라서 방금 말씀하신 교장 선생님과 교감 선생님의 고견은 실로 그 핵심에 해당하는 가장 적절한 방안으로써 저는 시종일관 찬성하는 바입니다. 아무쪼록 관대한 처분을 바랍니다."

알랑방귀가 낸 의견은 도대체가 무슨 말인지 이해할 수가 없었다. 한자를 열거했을 뿐 무슨 뜻인지 잘 파악이 되지 않았다. 내가 알아들은 말은 시종일관 찬성한다는 말뿐이었다. 나는 알랑방귀가 무슨 말을 했는지 잘 모르겠지만 왠지 부아가 치밀어 올라 미처 문장 준비를 다 끝내지 못한 채 일어서고 말았다.

"저는 시종일관 반대합니다……."

나는 먼저 이렇게 내뱉었지만 그 다음 말이 막혀서 나오지 않았다.

"……그런 뚱딴지 같은 처분은 정말 싫습니다" 하고 덧붙였더니 직원들이 일제히 웃기 시작했다.

"연루된 모든 학생이 나쁩니다. 이참에 사과를 받아내지 않으면 버릇이 됩니다. 퇴학을 시켜도 상관없습니다. 되지 못하게 새로 온 교사라고 얕잡아 보고서는……."

나는 이렇게 말하고는 앉았다. 그러자 이번에는 오른편에 앉아 있던 과학 선생이 바보 같은 말을 해댄다.

"학생들이 나쁜 것은 사실이지만, 너무 엄하게 처벌을 하면 오히려 역효과가 날 수 있습니다. 역시 교감 선생님 말씀대로 관대한 쪽에 찬성합니다."

왼쪽에 앉아 있던 한문 선생은 온건론에 찬성한다고 했다. 역사 선생도 교감과 같은 의견이라고 말했다.

이렇게 분할 수가 없다. 대개가 빨강서츠의 의견에 찬성하고 있다. 이런 작자들이 모여서 학교를 지키고 있으니 학교가 이 모양인 게다. 나는 학생들에게 사과를 받든지 사표를 쓰든지 둘 중 하나로 결정했기 때문에 만약 빨강서츠가 승리를 거둔다면 즉시 하숙집으로 가서 짐을 꾸릴 각오를 하고 있었다. 어차피 내게는 이런 작자들을 말로써 굴복시킬 재간도 없을 뿐더러, 설사 굴복시킨다 하더라도 이런 작자들과 계속 함께 지내야 한다는 것은 내가 싫었다. 내가 학교를 떠나면 그만이다. 또 내가 무슨 말을 해도 웃을 게 틀림없다. 더 이상 내가 말할까 보냐, 하며 나는 조용히 있었다.

그랬더니 지금까지 잠자코 듣고만 있던 멧돼지가 벌떡 일어났다.

'자식, 또 빨강서츠에게 찬성한다는 말을 하려는 게지……. 어차피 네 놈하고는 싸울 작정이니 네 멋대로 어디 한번 지껄여 봐라.'

속으로 이렇게 생각하고 있는데 멧돼지는 창문이 흔들릴 만큼 쩌렁쩌렁한 목소리로 말했다.

"저는 교감 선생님 및 그 외 여러 선생님들의 의견에 절대 동의할 수 없습니다. 그 이유는 이 사건은 어느 면에서 보나 50명의 기숙생이 새로 부임한 교사 모 씨를 우습게 보고 골탕 먹이기 위해 저지른 소행이라고밖에 볼 수 없기 때문입니다. 교감 선생님께서는 그 원인을 교사의 인물 됨됨이에서 찾으려고 하시는 것 같은데, 죄송하게도 그건 아닌 것 같습니다. 우선, 교사 모 씨가 숙직을 맡은 것은 부임 후 얼마 되지 않은 시점으로서 학생들과 접촉한 지 겨우 20일밖에 되지 않았을 때입니다. 이 20일이라는 짧은 기간 동안, 학생은 교사의 학문 정도나 인격을 평가할 수 없습니다. 학생들로부터 무시당할 수밖에 없는 지극히 타당한 이유가 있어서 경멸을 받았다면 그들의 행위에 대해서 생각해 볼 여지가 있겠지요. 하지만, 아무런 이유 없이 새로 부임해온 교사를 우롱하는 경솔한 학생들을 관대하게 처분하신다면 학교의 위신이 서지 않습니다. 교육의 참된 정신은 단지 학문을 가르치는 데에만 있는 것이 아니라, 품위 있고 정직한 무사의 정신을 고취시킴과 동시에 야비하고 경망스러우며 난폭하고 천방지축인 악풍(惡風)을 소탕하는 데 있다고 생각합니다. 만약 학생들의 반발이 두렵다거나 소란이 커질 것을 두려워한 나머지 임시 변통으로 수습한다면 이런 악습은 언제 개선될지 모릅니다. 우리가 이 학교 교사로 재직하면서 이러한 사태를 못 본 체한다면 교사의 자격이 없다고 생각합니다. 저는 이와 같은 이유로 기숙생 일동을 엄중하게 처벌함과 동시에 피해 교사 앞에서 정식으로 사죄하게 하는 것이 지극히 적절한 조치라고 생각합니다."

멧돼지는 이렇게 말하고는 쿵, 하고 자리에 앉았다. 좌중은 쥐죽은 듯 조용했다. 빨강셔츠는 다시 파이프를 빡빡 빨아대기 시작했다. 나는 여간 기쁜 것이 아니었다. 내가 말하고 싶었던 얘기를 멧돼지가 대신해서 다 말해 주었기 때문이다. 나는 단순하기 짝이 없는 인간인지라 방금 전까지의 싸움은 새까맣게 잊어버리고 고마워서 어쩔 줄을 모르는 표정으로 멧돼지를 바라보았으나 멧돼지는 모르는 척 앉아 있었다.

그러자 잠시 후에 다시 멧돼지가 일어섰다.

"아까는 잊어버리고 빠트린 것이 있습니다. 그날 밤 숙직 담당 선생님은 숙직 중에 외출을 해서 온천을 가셨나 본데, 그것은 있을 수 없는 일이라고 생각합니다. 적어도 한 학교의 숙직 당번이 아무도 간섭하는 사람이 없는 틈을 노려 다른 곳도 아닌 온천에서 목욕을 했다니 크나큰 실책이 아닐 수 없습니다. 학생들 처벌 문제와는 별도로 이 점에 대해서는 교장 선생님께서 특별히 책임자에게 주의를 주실 것을 당부 드립니다."

참 묘한 놈이다. 칭찬을 하는가 싶더니, 곧바로 남의 실책을 폭로하고 있다. 나는 아무 생각 없이 지난번 숙직 당번이 나다니는 것을 보고, 그래도 되는 것인 줄 알고 온천까지 간 것뿐이지만 과연 이야기를 듣고 보니 그것은 내 잘못인 것 같았다. 공격을 당해도 할말이 없었다.

그래서 나는 다시 일어나서, "제가 숙직 중에 온천에 다녀온 것은 사실입니다. 이것은 저의 잘못입니다. 사과합니다"라고 말한 후에 자리에 앉았다.

일동이 또 웃기 시작한다. 이 작자들은 내가 무슨 말만 하면 웃어댄다. 한심한 족속들이다. 자기네들은 이렇게 자기 잘못을 순순히 털어놓을 자신이 있는가 말이다. 그것도 못하는 주제에 웃고들 난리다.

곧 이어서 교장이 말했다.

"이제 더 이상 의견이 없는 듯하니 심사숙고한 후에 잘 처분하도록 하겠습니다."

내친김에 결과까지 말하자면, 기숙생들은 일주일 간 외출금지 처분을 받은 동시에 내 앞에서 사죄를 했다. 그놈들이 사죄를 하지 않았다면 나는 그 자리에서 사표를 내고 도쿄로 돌아갈 참이었는데 엉겁결에 내가 바라는 대로 되는 바람에 결국은 더 큰일이 일어나고 말았다. 그 일에 대해서는 나중에 이야기하기로 하겠다.

교장은 이때 회의를 계속 진행하면서 이런 이야기를 했다.

"학생들의 풍기는 반드시 교사의 감화로써 바로잡아야 합니다. 우선 첫 단계로 선생님들은 가급적 음식점 출입을 자제하기 바랍니다. 단, 송별회와 같은 모임이 있을 때에는 별개의 문제지만, 혼자서 그다지 점잖지 못한 장소에 가는 행위는 삼가기 바랍니다. 가령 국수집이라든가 경단 파는 가게 같은 곳 말입니다."

다시 한 번 일동이 웃었다. 알랑방귀가 멧돼지를 보고 "덴푸라!" 하면서 눈짓을 했으나 멧돼지는 상대도 하지 않았다. 속으로 나는 무척 고소했다.

나는 머리가 나빠서 너구리가 한 말은 잘 알아듣지 못했지만, 국수집과 경단 가게에 가서 먹었다는 이유로 중학교 선생 노릇을 할 수 없게 된다면 나 같은 먹보는 도저히 감당할 수 없는 노릇이다. 그렇다면 애초에 국수와 경단을 싫어하는 교사를 구해서 채용하면 될 것이 아닌가. 아무 말 없이 채용해 놓고는, 국수를 먹지 말라는 둥, 경단을 먹지 말라는 등의 엉터리 같은 포고를 한다면 나처럼 다른 낙이 없는 사람에게는 치명타나 다름없다. 다시 빨강셔츠가 입을 열었다.

"원래 중학교 교사란 사회 지도층에 해당하는 신분이므로 단순히 물질적인 쾌락만을 추구해서는 안 되는 것입니다. 그런 쪽으로 자꾸 빠져들게 되면 자신도 모르는 사이에 품성에 나쁜 영향을 미치게 됩니다. 하지만 교사도 인간이기 때문에 뭔가 낙이 없으면 이런 좁은 시골바닥에서 잘 지낼 수가 없겠지요. 그래서 낚시를 한다든지, 문학책을 읽는다든지, 그것도 아니면 신체시(新體詩)나 하이쿠(俳句: 5·7·5의 3구 17음이 기본 형식인 일본의 대표적 단시—역주)를 읊조리거나 지으면서 어떻든 간에 고상한 정신적 즐거움을 찾지 않으면 안 됩니다."

조용히 듣고 있자니 제멋대로 열변을 토하고 있다. 나는 피가 거꾸로 솟구쳐서 이렇게 되받아쳤다.

"마돈나를 만나고 다니는 것도 정신적인 즐거움입니까?"

그러자 이번에는 아무도 웃지 않았다. 다들 묘한 표정으로 서로의 얼굴만 바라보고 있었다. 정작 당사자인 빨강셔츠는 괴로운 듯 고개를 푹숙이고 있었다.

'그것 봐라, 뜨끔하지?'

나는 빨강셔츠를 향해 속으로 그런 말을 했지만 끝물호박에게만은 미안한 생각이 들었다. 왜냐하면 내 말을 듣는 순간 푸르딩딩한 얼굴이 더욱 새파래졌기 때문이다.

이사하기

나는 그날 밤 당장 하숙방을 나왔다. 막상 나오기는 했으나 갈 곳을 따로 마련해둔 것은 아니었다. 인력거꾼이 어디로 갈 것인지 물었다. 나는 곧 알게 될 테니 잠자코 가자고 해놓고는 빙글빙글 돌면서 한적하고 살기에 좋을 만한 곳을 지나다 보니 어느새 가지야초(鍛冶屋町)까지 와 버렸다.

이곳은 내가 존경해마지 않는 끝물호박 선생이 살고 있는 동네이다. 끝물호박 선생은 이곳 토박이인데, 조상 대대로 내려온 집을 소유하고 있는 만큼 이 지방 사정에 대해서는 꿰뚫고 있을 터였다. 선생을 찾아가서 물어본다면 적당한 하숙집을 구해 줄지도 모른다. 다행히 한 번 인사하러 간 적이 있었기 때문에 일부러 번거롭게 찾아다니지 않고도 쉽게 알 수 있었다.

"저, 실례합니다. 계십니까?"

이렇게 두 번 정도를 외치자 쉰 살 가량의 노부인이 고풍스러운 종이 등을 들고 나왔다. 아마도 끝물호박 선생의 어머니인가 보았다. 짧게 쳐올린 머리를 한 기품 있는 모습이 선생과 닮아 있었다.

"어서 안으로 드시지요."

나는 대놓고 끝물호박 선생을 잠깐 뵙고 싶다고 하며 그를 현관까지 불러내어 사정을 이야기했다.

"그것 참 곤란하게 되셨습니다."

끝물호박 선생은 걱정을 하면서 잠깐 생각한 끝에 말문을 열었다.

"이 마을 뒤쪽에 하기노(萩野)라는 노인 부부가 단둘이 살고 있는 집이 있습니다. 언젠가 내게 빈방을 그냥 놀리기 아까우니 확실한 사람이 있으면 소개해달라는 부탁을 한 적이 있습니다."

그리고는 나를 친절하게 그 집까지 데리고 가 주었다. 그렇게 그날 밤부터 나는 하기노의 노부부집에서 하숙을 하게 되었다. 더욱 놀란 일은 내가 이카긴의 하숙방에서 나오자 바로 그 다음날부터 알랑방귀가 버젓이 그 방을 점령했다는 사실이다. 나도 이제 웬만한 일에는 그리 놀라지 않게 되었지만 그 사실을 들으니 정말 어이가 없었다. 어쩌면 이 세상에는 사기꾼들로 가득 차서 서로를 속고 속이는 경쟁을 벌이고 있는지도 모르겠다. 세상이 싫어진다.

하숙집 할멈

하숙집 할멈은 가끔 내 방에 와서 이런저런 이야기를 건넸다.

"어째서 색시는 데리고 오지 않는 당가요이?"

하루는 이렇게 물어왔다.

"저런, 제가 결혼을 한 것처럼 보여요? 이래보여도 아직 스물넷밖에 안 되었어요."

이렇게 말하자,

"아니, 이것보슈, 스물넷에 색시가 있는 것이 어찌 당연하지 않당가 요이?"

"그럼 나도 스물넷에 색시를 얻을 테니 중매 좀 서 주실랑가요이?"

내가 사투리를 흉내내어 부탁했더니, 할머니는 심각하게 사실이냐 고 물어보았다.

"허지만 선상님은 이미 색시가 있으신 게 틀림없지라우. 내 진작부터 알고 있었당께로."

"헤에, 눈썰미가 있으시네. 어떻게 그걸 다 알고 계셨단 말이에요?"

"어떻게 라니요? 도쿄에서 온 편지가 없는가 하고 하루가 멀다 하고 물어보면서 기다리고 있지 않당가요이?"

"그렇군요. 정말 그런지도 모르겠네요."

"허지만 요즘 색시들은 옛날과는 달라서 마음을 놓을 수가 없웅께로 조심하시는 게 좋으실 게라우이."

"어디 그럴 만한 일이라도 있었나요?"

"있다마다요. 이곳에도 꽤 있지 라우. 선상님, 혹시 저 도야마(遠山)씨네 아가씨를 알고 계실랑가요이?"

"아뇨, 모릅니다."

"아직 모르시는 게라우. 이 근방에서는 제일가는 미인이지라우. 학교 선상님들은 모두 마돈나, 마돈나, 하고 부릅디다. 안즉 못 들으셨당가요이?"

"아, 그 마돈나 말입니까? 저는 그게 기생 이름인줄 알았는데요."

"아니지라우, 선상님. 인물이 좋은 여자를 서양말로 고로코롬 부른당께로."

"그런가요? 전 몰랐는데 참 대단하시네요."

"아마도 미술 선상이 붙어준 이름일 텐디……."

"그런데 그 마돈나가 못 믿을 여자란 말인가요?"

"그 마돈나 양이……. 그 있지라우, 선상님을 이리로 소개시켜준 고가(古賀) 선상님……. 그 분한테 시집을 가기로 약조가 되어 있었지라우이."

"헤에, 신기한 일이네요. 그렇게 예쁜 여자가 저 끝물호박 선생을 좋아하다니……. 끝물호박 선생이 그렇게 복에 겨운 남자라고는 생각지 못했는 걸요? 사람은 정말 겉만 보고는 알 수 없다니까. 어디 다시 봐야겠는 걸요?"

"그런데 말이지라우, 그전까지는 그 집에 돈도 있고 은행 주식도 갖고 있어서리 떵떵거리며 살았당께로. 그러던 것이 그만 작년에 그 집 어른께서 돌아가시는 통에 그 다음부터는 어찌 된 셈인지 점점 가세가 기울기 시작했당께. 그랑께로, 고가 씨가 너무 사람이 좋다 보니께 깜빡 속은 게지라우. 그런 저런 일로 결혼 날짜도 늦춰지고 그 왜 있잖는가요이? 교감 선상이라는 작자가 와서 꼭 색시로 삼고 싶다고 졸라댔지라우."

"그 빨강셔츠가 말입니까? 정말 지독한 놈이군. 어쩐지 그 셔츠가 보통 셔츠가 아닌 것 같더라니……. 그래서요?"

"사람을 시켜서 알아보았더니 도야마 씨네 집안에서도 고가 씨한테 의리가 있으니께 당장은 대답하기가 어려웠는지 생각해 본다는 정도의 대답만 했지라우. 그러자 당장 그 교감이라는 선상이 연줄을 대어 도야마 씨 댁에 드나들게 되었고, 결국은 그 집 아가씨 마음을 그만 돌려버리고 말았지라우. 교감 선상도 그렇지만 아가씨를 모두 나쁘게 말하지라우. 한 번 고가 선상한테 시집가기로 약조해놓고는 교감 선상이라는 작자가 오란다고 그쪽으로 쪼르르 가버리다니, 하늘이 통탄한 노릇이지라우, 선상님."

"정말 몹쓸 짓을 했네요. 벌 받아 마땅하고말고요."

"아, 그래 고가 씨가 안쓰러워 친구인 홋타 씨가 교감 선상한테 따지러 갔지라우. 그랬더니만 그 작자가 한다는 말이, 자기는 다른 남자와 약혼한 사람을 가로챌 생각은 없다. 만약 파혼을 한다면 모를까. 지금은 도야마 집안과 그냥 친하게 지내고 있을 뿐이다, 라고라. 그러니 고가 씨한테 미안할 일이 없지 않느냐고 말항께로, 홋타 씨도 할말이 없어 그냥 돌아오셨지라우. 교감 선상님하고 홋타 씨가 그 일 이후로 사이가 많이 나빠졌다는 소문이 있지라우."

"아휴, 정말 모르는 것이 없으시네요. 어떻게 그렇게 속속들이 다 알고 계신 거지요? 정말 놀라워요."

"코딱지만한 동네인께로 뭐든 알게 되지라우."

너무 많이 알아서 탈이다. 이 정도라면 나의 덴뿌라와 경단 사건도 알고 있을지 모른다. 정말이지 골치 아픈 동네다. 그러나 덕분에 마돈나에 대한 이야기도 알게 되었고 멧돼지와 빨강셔츠의 관계도 알게 되어 많은 도움이 되었다. 다만 문제는 어느 쪽이 더 나쁜 놈인가 하는 점이 분명치 않다는 것이다. 나처럼 단순한 인간에게는 어느 것이 희고 검은지를 콕 집어 말해 주지 않으면 어느 편을 들어야 할지 판단이 안 선다. 그래서 다시 물어보았다.

"빨강셔츠랑 멧돼지 중에서 누가 더 좋은 사람인가요?"

"멧돼지라니 누구 말입니까?"

"아, 멧돼지는 홋타 선생을 말하는 거예요."

"그야 힘은 홋타 씨 쪽이 더 세지. 하지만 교감 선상님이 학식이 높아서 유능한 편이지라우. 그리고 상냥하기도 교감 선상님이 더 상냥하지만서도 학생들은 홋타 씨를 더 좋게 보고 있지라우."

"결국 어느 쪽이 좋단 말씀이세요?"

"그라니께로 결국은 월급이 많은 쪽이 더 좋은 게 아닐랑가요이?"

더 이상 물어봐야 뻔한 대답이 나올 것 같아 그만두기로 했다.

기요의 편지

그리고 나서 2, 3일 뒤에 퇴근해서 돌아오니 주인 할멈이 생글생글 웃으며 한 통의 편지를 들고 왔다.

"아이고, 오래 기다리셨지라우? 이제사 왔당께. 천천히 읽어 보시랑께로."

발신자를 보니 기요한테서 온 편지였다. 봉투 겉면에 부전지(附箋紙) 같은 쪽지가 2, 3장 덕지덕지 붙어 있기에 자세히 살펴보니 야마시로야로 갔다가 이카긴 쪽으로 다시 보내어져서 이카긴에서 하기노까지 둘러온 것이었다. 게다가 야마시로야에서는 일주일 가량 묵어 있었다. 하숙집이 사람만 묵게 하는 게 아니라 편지까지 묵게 하는 모양이다. 편지를 열어보니 장문의 글이 이어지고 있었다.

도련님께서 보내주신 편지를 받아 보고서 즉시 답장을 쓴다
는 것이 공교롭게도 감기에 걸려 일주일 동안을 누워 지내게 되었습
니다. 답장이 늦어져서 죄송합니다. 게다가 요즘 젊은 사람들처럼
능숙하게 읽고 쓰기가 쉽지 않아 이렇게 서툰 글을 쓰는 데도 여간
힘든 일이 아닙니다. 조카에게 대필을 부탁할까 생각도 해 보았지만
다른 사람도 아니고 도련님께 드리는 편지인데 직접 쓰는 것이 도리
일 것 같아 일부러 초안을 한 번 작성한 후에 다시 정리해서 이렇게
쓰는 겁니다.

이렇게 시작하는 편지는 장장 넉 자(1미터 20센티미터) 정도의 길이
로 이런저런 이야기가 적혀 있었다.

　　도련님은 성품이 대쪽 같으신 데다 울컥하실 때가 있어 그
점이 염려스럽습니다. 다른 사람들에게 함부로 별명을 붙였다가는
남들에게 원망을 들을 수 있으니 무턱대고 별명을 부르시면 안 됩니
다. 그래도 정 붙이고 싶으시다면 저에게만 살짝 알려주세요. 시골
사람 중에는 질 나쁜 사람도 있으니 봉변당하지 않도록 조심하세
요……. 날씨도 도쿄보다 불규칙할 것이니 잘 때도 감기에 걸리지
않도록 이불을 잘 덮고 주무세요……. 도련님의 편지는 너무 짧아서
돌아가는 사정을 잘 모르겠으니, 다음에는 적어도 이 편지의 절반
가량의 길이로 편지를 써 보내세요. ……여관에 팁을 5엔 주는 것도
좋지만 나중에 어려움을 겪게 되지 않을까요? 객지에서 의지할 것은

돈밖에 없습니다. 가능한 한 절약해서 만일의 경우에 대비해 놓으세요. 용돈이 부족할까 싶어 우편환으로 10엔을 보내드립니다. 요전에 도련님이 제게 주신 50엔은 도련님이 나중에 도쿄에 돌아오셔서 집을 장만할 때 보태드릴 생각으로 우체국에 예금해놓았어요. 거기서이 10엔을 빼도 아직 40엔이 남아 있으니 충분합니다.

정말이지 여자들은 자상한 구석이 있는 것 같다. 내가 마루에 걸터앉아서 기요의 편지를 펄럭거리며 읽다가 생각에 잠겨 있으니 방문을 열고 주인 할멈이 저녁상을 들고 들어왔다.

"아니, 편지를 여즉 읽고 계신당가요이? 어지간히도 긴 편지구만이라우."

"네, 소중한 편지라서 바람에 펄럭거리면서 보고, 또 보고 합니다."

스스로도 알 수 없는 이상한 대답을 하면서 밥상을 받았다. 반찬을 보니 오늘 저녁도 감자조림이다. 이 집은 이카긴 네보다도 점잖고 친절하고 게다가 예의도 바르지만, 음식만은 형편없었다. 어제도 감자, 그제도 감자, 그리고 오늘 밤에도 또 감자다.

내가 감자를 무척 좋아한다고 말한 적은 분명 있지만 그렇다고 이렇게 내리 감자만 먹는다면 나는 오래 가지 못할 것이다. 끝물호박 선생을 흉볼 게 아니다. 이제 내 자신이 머지않아 끝물감자 선생이 될 참이었다.

아마 기요였다면 이럴 때 내가 좋아하는 참치회나 간장에 조린 어묵

조림을 해 줄 테지만, 가난한 시골 구두쇠 양반이라 어쩔 수가 없나 보다. 아무리 생각해도 나는 기요와 함께 있어야 할 것 같다. 만약 이 학교에 오래 있게 된다면 기요를 도쿄에서 불러 내려야겠다고 마음먹었다.

덴푸라도 먹지 말라, 경단도 먹지 말라, 게다가 하숙집에서 감자만 먹고 누렇게 떠 있으라니, 교육자는 괴롭기 짝이 없다. 절에 있는 스님들도 나보다는 훨씬 더 잘 먹고 살 것이다.

온천욕

오늘은 기요의 편지를 읽느라 온천에 갈 시간을 넘기고 말았다. 하지만 매일 습관처럼 다니던 것을 하루라도 거르게 되면 왠지 개운치가 않아서 집을 나섰다. 기차나 타고 갈까 싶어 언제나처럼 그 빨강수건을 늘어뜨리고 역까지 오니 기차가 2~3분 전에 막 떠나버려 잠시 기다려야 했다. 벤치에 걸터앉아 담배를 피우고 있다가 우연찮게 끝물호박 선생을 만나게 되었다.

지난번에 주인집 할멈에게 들은 얘기가 있는 터라 끝물호박 선생이 더욱 측은하게 느껴졌다. 오죽하면 월급을 두 배쯤 정도 올려줘서 도야마의 아가씨와 내일이라도 당장 결혼시킨 다음, 한 달 정도 도쿄로 신혼여행이라도 보내주고 싶다는 생각까지 했을까. 나는 선뜻 끝물호박 선생에게 자리를 내주었다.

"온천에 가시려구요? 어서 이리로 앉으세요."

얼른 일어나 자리를 양보했더니 끝물호박 선생은 부담스러운 듯,
"아니, 저는 괜찮습니다" 하며 그대로 서 있었다.

"다음 기차가 올 때까지 조금 기다려야 합니다. 힘드실 테니 앉으시
지요."

내가 다시 한 번 권했다.

"그러면 잠깐 실례하겠습니다."

끝물호박 선생은 나의 호의를 받아들였다.

"선생님, 어디 불편하신 데는 없으신가요? 상당히 피곤해 보이십니
다."

"아닙니다. 이렇다 할 병은 없습니다만……."

"그렇다면 다행입니다. 몸이 병들면 사람 구실도 못하니까요."

"선생님께서는 매우 건강해 보이시는군요."

"네, 제가 몸은 좀 말랐지만 건강한 편이랍니다. 몸 아픈 건 딱 질색
이지요."

끝물호박 선생은 내 말을 듣더니 빙그레 웃었다. 입구 쪽에서 젊은
여자들의 웃음소리가 들려와서 무심코 뒤돌아보았는데 생각지도 못한
사람들이 나타났다. 뽀얀 살결에 최신 유행 머리를 한 키가 큰 여인과
마흔대여섯 정도로 보이는 중년부인이 나란히 매표소 앞에 서 있었다.
중년부인 쪽이 키는 작지만 두 사람이 닮은 것으로 보아 모녀지간인 듯
했다.

나는 순간 끝물호박 선생을 새까맣게 잊어버리고 입을 헤벌린 채 여인네들을 쳐다보느라 정신이 팔려 있었다. 그런데 끝물호박 선생이 갑자기 자리에서 일어나더니 여인들을 향해 저벅저벅 걸어가는 것이 아닌가. 나는 순간 너무나 놀랐다.

'그럼 혹시, 저 여인이 마돈나?

내가 속으로 그렇게 외치고 있는 동안 세 사람은 매표소 앞에서 가볍게 인사를 나누었다. 내가 있는 자리에서는 좀 멀어서 무슨 말들이 오고가는지는 알 수가 없었다. 정거장의 시계를 보니 출발 시간까지 5분 정도가 남아 있었다.

기차가 빨리 오기만을 기다리며 말벗도 없이 따분하게 혼자서 앉아 있으려니 또 한 사람이 헐레벌떡 역 안으로 뛰어들어 왔다. 누군가 했더니 빨강셔츠였다. 하늘하늘한 옷에 비단으로 된 허리띠를 대충 두르고 여느 때와 마찬가지로 금줄 시계를 늘어뜨리고 있었다. 빨강셔츠는 아무도 모르려니 하고 보란 듯이 차고 다니지만 나는 안 봐도 다 안다. 그 시계는 진짜 금이 아니라 도금이다.

빨강셔츠는 역내에 들어서자마자 주변을 두리번거리더니 매표소 앞에서 이야기를 나누고 있는 세 사람을 발견하고는 다가갔다. 그들에게 정중하게 인사를 하면서 무언가 두세 마디를 주고받는가 싶더니만 갑자기 나를 향해서 예의 그 고양이 걸음걸이로 살금살금 다가왔다.

"어이, 자네도 온천에 가는 길인가? 기차 시간에 늦을까 봐 걱정하면서 서둘러 왔는데 아직 3~4분이 남았군 그래. 저 시계가 맞는 건지 모르겠네."

하며 자신의 가짜 금시계를 꺼내어 본다.

"2분 정도 틀리군."

그렇게 말하면서 내 옆에 걸터앉았다. 여인네들 쪽으로는 전혀 눈길을 주지 않으며 지팡이에 턱을 괸 채 정면만 응시하고 있었다. 나이 든 여인은 가끔 빨강셔츠를 쳐다보았지만 젊은 아가씨는 눈길 한번 주지 않았다. 마돈나가 틀림없는 것 같다.

이윽고 뿌~, 하는 기적을 울리며 기차가 도착했다. 기다리고 있던 한 무리의 사람들이 제각기 기차에 오르기 시작했다. 빨강셔츠는 맨 먼저 일등석에 올라탔다. 일등석이라고 으스댈 것까지는 없는데 말이다. 왜냐하면 스미다(住田)까지의 요금은 일등석이 5전이고 이등석이 3전으로로 겨우 2전의 차이밖에 나지 않는다. 단돈 2전의 차이로 상하가 나뉘는 것이다.

잘난 것도 없는 나조차도 큰맘 먹고 일등석을 타려고 흰색 표를 들고 있는 것만 보아도 알 수 있다. 그러나 시골 사람들은 원래 인색해서 단돈 2전의 지출도 아까워 대개는 이등석을 이용한다.

빨강셔츠의 뒤를 이어 마돈나와 그녀의 어머니가 일등석에 올라탔다. 끝물호박 선생은 으레 이등석에 타는 사람이다. 그는 이등석 입구에 서서 잠시 망설이는 듯하더니 내 얼굴을 보자 주저 없이 올라탔다. 나는 그때 왠지 그가 측은한 생각이 들어 그의 뒤를 따라 같은 이등석에 올랐다. 일등석 표로 이등석에 타는 데에야 별 문제 없을 터였기 때문이다.

온천에 도착해서 3층에서 유카타로 갈아입고 탕으로 내려갔는데 그곳에서 또 끝물호박 선생을 만났다. 나는 회의 같은 자리에서는 항상 말문이 막히고 말지만 평소에는 매우 떠들어대는 편이라 탕 속에서 끝물호박 선생에게 이런저런 말을 걸어 보았다. 왠지 그가 애처로워 견딜 수가 없었기 때문이었다.

이런 때에 말이라도 걸어주어 상대방의 마음을 위로해 주는 것이 에돗코의 도리라는 생각이 들었다. 하지만 공교롭게도 선생은 내 가락에 쉽사리 장단을 맞추어 주지 않았다. 무슨 말을 해도 '네'와 '아니오'라는 대답만 할 뿐이었고 나중에는 그 대답마저도 귀찮아하는 것 같아 하는 수 없이 그만두었다. 탕 속에서는 빨강셔츠를 만나지 않았다. 그도 그럴 것이 욕탕이 여러 군데이므로 같은 기차를 탔다고 해서 같은 탕에서 꼭 만나란 법은 없었다.

온천을 나서자 휘영청 밝은 달이 떠 있었다. 거리 양쪽에 늘어선 버드나무의 둥근 그림자가 도로 한가운데에 드리워져 있었다. 나는 잠시 걷고 싶다는 생각이 들었다. 북쪽으로 올라가 거리 끝까지 가 보니 왼편에 큰 문이 있었고, 그 문을 들어서자 막다른 곳에 절이 있었다. 그리고 양옆으로는 유흥가가 늘어서 있었다.

입구 문에 가지런히 검정 천을 늘어뜨린 조그만 격자창의 단층집은 내가 경단을 먹고 문제를 일으킨 바로 그곳이었다. 시루코(汁粉: 새알 심을 넣은 단팥죽—역주), 오조니(お雑煮: 주로 정월에 먹는 일본식 떡

국—역주)라고 씌어진 둥근 초롱이 대롱대롱 매달려 있었다. 초롱불은 처마 가까이에 있는 한 그루의 버드나무 줄기를 비추고 있었다.

먹고 싶은 생각이 간절했으나 참고 지나갔다. 그렇게도 좋아하는 경단을 먹지 못하다니 내 자신이 처량한 생각이 들었다. 하지만 자기 약혼녀가 다른 남자에게 마음을 빼앗기는 것을 지켜보는 일에 비하면 아무것도 아니었다. 끝물호박 선생의 딱한 처지를 생각하면 경단은 고사하고 사흘쯤 굶은들 불평할 상황이 아니었다. 정말이지, 사람만큼 믿지 못할 존재가 또 있을까. 얼굴만 보면 그렇게 몰인정한 일을 저지를 사람 같아 보이지 않는데 말이다. 아름다운 아가씨가 몰인정하고, 퉁퉁불은 호박 같은 고가 선생이 법 없이도 살 것 같은 군자인 것을 보면, 사람이란 절대로 겉모습으로 판단할 일이 아닌 것 같다. 방심은 금물이다. 담백하다고 생각했던 멧돼지는 학생들을 선동했다고 하질 않나, 학생들을 선동한 장본인으로 알고 있었던 멧돼지가 학생들의 처분을 교장에게 강력하게 주장한다. 밉상으로 똘똘 뭉친 빨강셔츠가 넌지시 충고를 해 줘서 의외로 친절한 사람이라고 생각하고 있었는데 마돈나를 꼬드겼다고 하고, 그래서 그자가 속여서 나쁘다고 생각했는데 고가 씨와 파혼이 되지 않으면 결혼을 바라지 않는다고 하고, 이카긴이 괜한 트집을 잡아 나를 내쫓은 줄로 알았는데 곧바로 알랑방귀가 그 방으로 들어가질 않나…….

아무리 생각해 봐도 무엇 하나 믿을 것이 없는 세상이다. 이런 이야기들을 적어서 기요에 게 편지를 보낸다면 분명히 놀라 자빠질 것이다.

그리고 아마 이렇게 말할 것이다.

"하코네에서도 더 들어가는 시골이라 요상한 사람들만 모여 사나 봐요."

나는 본래 무딘 성격이라 웬만한 일에는 끄덕도 하지 않고 살아왔지만, 이곳에 온 지 채 한 달이 되지 않는 동안에 세상 일이 그리 만만치 않다는 것을 느끼게 되었다. 그렇다고 내게 특별한 사건이 일어난 것도 아닌데 나도 모르는 사이에 대여섯 살은 더 먹어버린 기분이 든다. 다 때려치우고 하루라도 빨리 도쿄로 돌아가는 것이 상책일런지도 모르겠다.

생각은 꼬리에 꼬리를 물고 이어졌다. 고심하며 걷다 보니 어느 틈에 돌다리를 건너 노제리(野芹) 강둑에 다다랐다. 온천 거리를 돌아다보니 빨간 등불이 달빛 속에서 빛나고 있었다. 북소리가 들려오는 쪽은 분명 유흥가일 것이다. 하천은 얕았지만 거센 물살이 마치 신경질을 부리듯 거칠게 흐르며 번쩍거리고 있었다.

나는 둑 위를 어슬렁거리며 걷고 있었다. 약 300미터 정도 왔을까, 저쪽에서 사람 그림자가 보이기 시작했다. 달빛에 비친 그림자는 둘이었다. 온천에 왔다가 마을로 돌아가는 젊은이들인지도 몰랐다. 그런데 젊은이들치고는 노래도 흥얼거리지 않고 너무 조용하게 걸어 오고 있다는 생각이 들었다.

점점 다가서자, 내가 빨리 걷고 있는 탓인지 한 쌍의 그림자가 점점 커졌다. 한 사람은 여자인 것 같았다. 그들과의 거리가 18미터 정도로

좁혀졌을 때 내 발자국 소리를 듣고 남자가 휙 돌아다보았다. 달빛은 뒤에서 비치고 있었다.

그때 나는 남자의 모습을 보고 혹시나 하는 생각이 들었다. 남자와 여자는 가던 길을 다시 걷기 시작했다. 나는 뭔가 짚이는 것이 있어서 전속력으로 뒤쫓았다. 상대는 아무 눈치도 채지 못한 채 여전히 느린 걸음으로 걷고 있었다. 이제는 말소리도 손에 잡힐 듯 들려왔다. 나는 얼른 뒤따라가서는 남자의 소매를 스치며 앞으로 두어 걸음을 내디딘 후 발꿈치를 빙그르르 돌려서 사내의 얼굴을 들여다보았다

달은 정면에서 나의 짧게 깎은 머리에서 턱 언저리까지 훤히 비추고 있었다. 사내는 '앗! 하는 외마디 소리를 지르며 갑자기 얼굴을 돌려 여자를 향해 돌아가자고 재촉하더니 온천 거리로 재빨리 발걸음을 옮겼다.

뻔뻔스러운 빨강셔츠가 나를 속일 요량이었는지, 아니면 배짱이 없어서 아는 체를 못한 것인지 나도 모르겠다. 아무튼 손바닥만한 동네에서 어려움을 겪고 있는 사람은 비단 나뿐만이 아닌 것 같다.

월급 인상 사건

빨강셔츠의 권유로 낚시를 다녀온 뒤로 나는 멧돼지를 의심하기 시작했었다. 괜한 트집을 잡아 하숙집을 나가라고 했을 때는 점점 더 괘씸한 생각이 들었다. 그런데 회의 시간에는 내 편에 서서 의외로 당당하게 학생들을 엄하게 처벌해야 한다고 주장을 하는 바람에 나는 도무지 갈피를 잡을 수가 없게 되었다.

하숙집 주인 할멈으로부터 멧돼지가 끝물호박 선생을 위해 빨강셔츠에게 따지러 갔다는 이야기를 들었을 때는 손뼉을 쳐가면서 감탄했다. 이런 상황으로 미루어 보면 나쁜 놈은 멧돼지가 아닐 것이라는 생각이 들기 시작했다. 심사가 뒤틀린 빨강셔츠가 확실치도 않는 사실을 사실처럼 둘러대어 내 머리 속으로 우겨넣은 것은 아닌가 의심하던 차에 마침 노제리 강둑에서 마돈나를 데리고 산책을 하고 있는 그의 모습을 목격하게 된 것이다. 그래서 나는 빨강셔츠 쪽이 나쁜 놈이라는 결론을 내렸다. 그가 나쁜 놈인지 확실히는 알 수 없으나 아무튼 좋은 놈은 아니다. 분명 겉과 속이 다른 인간이다.

인간이란 모름지기 대쪽처럼 곧지 않으면 미덥지 못한 법이다. 올곧은 사람과는 싸움을 해도 뒤끝이 깨끗하다. 빨강셔츠처럼 상냥한 척, 친절한 척하거나, 파이프를 입에 물고 고상한 척을 혼자 다하는 사람을 조심해야 한다. 그런 사람하고는 여간해서 싸움도 안 하는 것이 좋다.

사실은 회의가 있은 얼마 후에 나는 멧돼지와 웬만하면 화해를 해 보려고 몇 마디 건네 보았다. 그러나 그 자식은 대꾸도 안 하고 가재 눈을 뜨고 쳐다보기에 나도 화가 나서 화해고 뭐고 다 그만두기로 했던 것이다.

그 이후로 멧돼지와 나는 한마디도 하지 않고 지냈다. 책상 위에는 내가 돌려준 1전 5리가 그대로 놓여 있었다. 먼지까지 소복이 앉아 있었다. 그렇다고 멧돼지가 가져갈 것도 아니고 내가 이제 와서 손을 댈 수도 없는 노릇이었다. 결국 이 1전 5리라는 돈이 두 사람 사이의 벽이 되어버린 셈이다. 그래서 말을 건네고 싶어도 건넬 수가 없게 되었고 멧돼지는 끝까지 침묵을 고집하고 있었다. 나와 멧돼지에게 그 돈은 걸림돌이었다. 나중에는 학교에 가서 그 돈을 쳐다보는 것 자체가 고통스러웠다.

멧돼지와 내가 완전히 등 돌린 채 남남처럼 지내게 된 반면 빨강셔츠와는 그럭저럭 잘 지내고 있었다. 노제리 강 사건이 있은 다음날 학교에 나온 빨강셔츠가 제일 먼저 나에게로 다가와서 이것저것 말을 걸어 왔다.

"자네, 이번에 옮긴 하숙집은 괜찮은가? 다시 러시아 문학을 낚으러 함께 가지 않겠나?"

나는 왠지 얄미운 생각이 들어 이렇게 말했다.

"엊저녁에는 두 번이나 뵈었지요."

"아, 정류장에서? 자네는 항상 그 시간에 가는가? 좀 늦은 시간 아닌 가?" 하길래,

"노제리 강둑에서도 뵈었잖아요."

하며 한방 먹어 주었더니,

"아, 아니네. 나는 그쪽으로 간 적이 없어. 온천에 갔다가 바로 돌아 왔는걸."

이러면서 빨강셔츠는 딱 잡아뗴었다.

현장에서 목격을 했는데도 그렇게까지 숨길 필요가 있을까 싶을 정 도다. 거짓말도 고단수다. 이런 인간이 중학교의 교감 자격이 된다면 나는 대학 총장감이 될 것이다.

나는 그 뒤부터 더더욱 빨강셔츠를 믿을 수 없게 되었다. 믿을 수 없 는 빨강셔츠하고는 말을 하면서 날 감동시켰던 멧돼지하고는 말을 하 지 않게 되다니 세상은 참 알다가도 모를 일투성이다.

어느 날, 빨강셔츠가 내게 오더니 할 이야기가 있으니 자기 집에 좀 들러달라고 말했다. 온천에 못 가게 되어 서운했지만 하는 수 없이 4시

쯤 그의 집으로 찾아갔다. 빨강셔츠는 독신이지만 교감이라 그런지 하숙집이 아니고 멋진 현관이 딸린 그럴듯한 집에 살고 있었다.

"계십니까?"

하고 불렀더니 빨강셔츠의 남동생이 나와서 맞아주었다. 이 동생은 학교에서 내게 대수와 산술을 배우고 있는데 성적이 그리 좋지 않은 녀석이다. 나는 빨강셔츠에게 나를 부른 용건을 물어보았다. 그는 호박 파이프를 입에 물고 고약한 냄새를 풍기면서 이런 이야기를 했다.

"자네가 부임해온 이후로 전임 교사 때보다 성적이 많이 향상되어 교장 선생님께서도 좋은 인재를 얻었다고 매우 흐뭇해하시네. 학교에서도 자네를 믿고 있으니 그리 알고 아무쪼록 노력해 주게."

"네에, 그렇습니까? 그런데 노력…… 하라구요? 지금보다 더 이상 노력할 것이 없는데요?"

"그래, 지금 정도면 충분하네. 다만 저번에 내가 일러준 말 있지? 그 말만 명심하면 되네."

"하숙집 알선 따위나 하는 위인을 조심하라는 말씀 말입니까?"

"그렇게 노골적으로 말하면 내가 무안해지지 않나. 여하튼 좋네, 그 말의 취지를 자네가 잘 알아들었으리라 생각되네. 그래서 자네가 지금처럼 애를 써준다면, 학교측에서도 앞으로의 처우 문제에 관해서도 어느 정도 반영을 하리라 생각하고 있다네."

"네? 월급 말씀입니까? 월급이야 아무래도 좋습니다만 올려주신다면야 감사하지요."

"다행이 이번에 전근가는 사람이 한 사람 생기게 되기 때문에……. 하기사 교장과 상의하지 않고서는 장담할 바는 아니지만, 그 월급에서 조금은 융통할 수 있을지도 모르니까. 그것으로 조정하도록 교장에게 얘기를 해 볼까 생각 중인데……."

"대단히 감사합니다. 그런데 누가 전근 가시는 거죠?"

"곧 발표가 날 테니 얘기해도 상관은 없겠지. 사실은 고가 선생일세."

"하지만 고가 선생님은 이곳 출신이 아니십니까?"

"이곳 사람이긴 하지만, 그럴만한 사정이 좀 생겨서……. 반은 본인의 희망이네."

"어디로 가게 되는 거죠?"

"휴가(日向)의 노베오카(延岡)인데, 장소가 장소인 만큼 한 호봉 올려서 가기로 했네."

"누군가 그 자리에 대신 옵니까?"

"후임자도 정해졌다네. 그 후임자의 형편에 따라 자네의 대우 문제도 달라지게 될 걸세."

"예, 그렇습니까? 하지만 무리하게 올리지 않아도 상관없습니다."

"여하튼 내가 교장에게 얘기할 생각이네. 교장도 동의를 하는 것 같지만 어쩌면 자네가 좀더 수고를 해야 할 상황이 닥칠지 모르니 지금부터 각오는 해두는 것이 좋을 걸세."

"그렇다면 지금보다 근무 시간이 많아지는 겁니까?"

"아니, 오히려 시간은 줄어들지도 모르지."

"근무 시간이 줄어들고, 일은 더 한다……. 뭔가 좀 이상하네요?"

"언뜻 듣기에는 이상해 보이겠지만, 지금으로서는 확실히 뭐라고 얘기할 수 없는 상황이라……. 글쎄, 말하자면 자네에게 더 중대한 책임이 주워질지도 모른다는 뜻이지."

나는 도통 무슨 말인지 알아듣지 못하겠다. 지금보다 중대한 책임이라고 한다면 수학 주임이다. 하지만 주임은 멧돼지이고, 그 작자가 학교를 그만둘 리는 만무하지 않은가. 게다가 학생들로부터 존경을 받고 있는 교사인지라 함부로 전근이나 면직을 시킬 수도 없을 것이다.

빨강셔츠가 하는 말은 늘 이렇게 요령부득이다. 잘 알아듣지는 못했지만 이것으로 용건은 끝났다. 그런 후에 이런저런 잡담을 나누기 시작했다. 끝물호박 선생의 송별회에 관한 것에서부터 나더러 술을 마시느냐는 둥, 끝물 선생은 군자로서 존경할 만한 사람이라는 둥, 빨강셔츠는 끊임없이 떠들어댔다. 그러더니 나중에는 화제를 돌려서 느닷없이 하이쿠를 읊을 줄 아느냐고 물어왔다. 나는 큰일났다 싶어, 할 줄 모른다고 대답하고는 얼른 인사를 하고 허둥지둥 나와버렸다.

자고로 하이쿠란, 바쇼(芭蕉: 마쓰오 바쇼, 하이쿠의 명인)나 이발소 주인 같은 사람들이나 읊는 것이다. 수학 선생이 나팔꽃한테 두레박을 빼앗겨서야 어디 될 법이나 할 말인가.('나팔꽃에게 두레박을 빼앗겨서 얻는 물'이라는 가가노치요조(加賀千代女)의 유명한 하이쿠를 흉내낸 것으로, 하이쿠에 마음을 빼앗길 수 없다는 의미)

144

제5편 불쌍한 끝물호박 선생

끝물호박 선생의 전근

세상에는 참 알다가도 모를 사람이 있다. 집은 물론이고 일할 직장도 있고 뭐 하나 부족할 것이 없는 고향을 두고 아는 사람 하나 없는 낯선 타향으로 떠난다고 한다. 고생을 사서 하는 사람도 다 있는가 보다. 그 것도 전차라도 다니는 번화한 지방이라면 또 모르겠지만 깡촌인 휴가의 노베오카라니, 참 이해할 수 없는 일이다.

그런 저런 생각을 하고 있는데 여느 때와 같이 하숙집 할멈이 저녁상을 날라 왔다.

"오늘도 감자예요?"

"아니지라우, 오늘은 두부랑께로."

두부나 감자나 피차일반이다.

"그런데, 할머니. 고가 선생이 휴가로 간다지요?"

"참말로 가여운 일이지라우."

"가엾기는 하지만 본인이 좋아서 간다면 어쩔 수 없는 거지요."

"좋아서 가다니, 누구 말씀이랑가?"

"누구라니요, 고가 선생 본인이지요. 선생이 원해서 가는 게 아니었던가요?"

"이보슈, 선상 양반! 그건 천부당만부당한 말씀이시랑께로."

"그럼 그게 아니란 말씀인가요? 하지만 방금 빨강셔츠가 그렇게 말하던데요? 그게 거짓말이라면 빨강셔츠는 내게 새빨간 거짓말을 한 거네."

"교감 선상님이 그렇게 말씀하시는 것은 당연하지만서두, 또 고가 씨가 가고 싶지 않은 것도 당연하지라우."

"그럼 양쪽 다 당연하단 소리네요. 할머니는 공평해서 좋다니까. 한데 도대체 어찌된 영문이지요?"

"오늘 아침에 고가 씨 어머니를 만나 자세한 내막을 들었당께로."

"무슨 내막이지요?"

"그 댁도 집안 어른이 돌아가신 후부터는 우리가 생각하는 것만큼 넉넉치가 못하지라우. 가세가 점점 기울어지다 보니 그 어머니가 교장 선상님을 찾아가서 근무한 지 벌써 4년이나 된께로 월급을 어떻게 좀 올려 줄 수 없겠는가 하고 부탁을 했다지라우."

"그랬군요."

"교장 선생이 그럼 한번 생각해 보겠다고 해서 그 말만 믿고 안심하고 돌아갔지라우. 그래, 곧 월급 인상 통지가 오려니 하고 이제나 저제나 목을 빼고 기다리고 있던 차에, 교장 선상이 고가 선상을 불렀지라우. 그래서 가보니께 안됐지만은 학교측에 돈이 부족해서 월급을 올려줄 형편이 못 된다고. 그래서 노베오카라면 마침 자리도 있고, 거기라면 매달 5엔씩 더 받을 수 있응께 희망대로 되어 좋겠다 싶어 그렇게 수속을 했응께로 가는 것이 좋겠다고 말씀하더란 말이지라우."

"그건 의논이 아니라 명령이 아닙니까?"

"내 말이 그 말이랑께로! 고가 선상은 객지에서 월급을 더 받느니 어머니도 계시고 집도 있응께로 여기서 계속 살고 싶다, 월급도 예전대로 받겠으니 그대로 있게 해달라고 부탁했지라우. 하지만 이미 학교끼리 얘기가 끝난 다음이고 후임도 결정이 되어버렸응께 어쩔 수 없다고 교장 선상께서 말씀하셨다지라우."

"아니, 사람을 업신여겨도 유분수지. 그럼 고가 선상은 갈 생각이 없는 거로군요. 어쩐지 이상하다 했어요. 5엔 더 받으러 그런 산골짜기까지 갈 멍청이가 어디 있겠어요? 원숭이들 상대로 놀며 뒹굴 것도 아닌 다음에야……."

"멍청이라니 고가 선상 말씀이랑가요?"

"여하튼, 순전히 빨강셔츠의 계략이었어요. 알고 보니 순전히 나쁜 놈이잖아. 사람을 속인 거나 마찬가지예요. 그것으로 내 월급을 올려준다니, 어떻게 그런 일이 있을 수 있담. 올려준 대도 누가 받나 봐라."

"선상님 월급이 오른답디까?"

"올려준다고 하기에 거절하려구요."

"워째서 그걸 마다한당가요?"

"아무튼 거절할 겁니다, 할머니. 빨강서츠는 아무리 잘 봐주려해도 치사한 놈이에요. 비겁하구요."

"그 사람이 비겁하다 해도 월급을 올려 준다고 할 때 순순히 받아 두는 게 덕이 된당께로. 젊은 시절에는 젊은 혈기에 참지 못하고 울컥, 하지만 나이를 먹고 나서 생각해 보면 조금 더 참았더라면 좋았을 걸 하게 되지라우. 화를 내는 바람에 손해 볼 짓을 했다고 반드시 후회하게 될 것이랑께. 이 할멈이 하는 소리 새겨듣고 그 양반이 월급을 올려준다고 하면 그저 감사합니다, 하며 받아 두랑께로."

"오르건 내리건 제 월급이니 할머니는 이제 그만 신경 끄세요."

그랬더니 할멈은 조용히 물러갔다. 할아버지는 한가하게 시조를 읊조리고 있다. 나는 지금 시조 타령이나 하고 있을 때가 아니었다. 월급을 올려준다기에 별 욕심은 없었지만 남아도는 돈이라 아까운 것 같아서 받아들이려는 것뿐이었다. 그런데 가고 싶지 않은 사람을 억지로 전근시켜놓고 그 사람의 몫을 가로채는 것 같아 그런 몰인정한 짓을 도무지 할 수가 없다는 생각이 들었다.

여하튼 빨강서츠를 찾아가서 거절하고 와야지 마음이 홀가분해질 것 같은 생각이 들었다.

월급 인상 거절하다

　두꺼운 하카마를 입고 빨강셔츠의 집으로 다시 찾아갔다. 커다란 대문 앞에 서서 인기척을 냈더니 지난번처럼 그 동생이 나와서 지금 안에 손님이 와 있다고 했다. 나는 현관에서라도 좋으니 잠깐 뵙고 싶다고 말하며 안으로 들어갔다.

　현관에 보니 왕골이 바닥에 얇게 깔린 나무 나막신이 놓여 있었다. 방 안에서, "아휴, 이제야 두발 죽 뻗고 살게 생겼네요. 됐어요, 이제" 하는 소리가 들려왔다. 목소리를 들어보니 틀림없는 알랑방귀였다. 알랑방귀가 아니고서야 저렇게 간드러진 목소리를 내고 이렇게 광대 같은 신발을 신을 사람이 없었다.

　잠시 후에 빨강셔츠가 등불을 들고 현관까지 나왔다.

　"아, 어서 올라오게. 다른 손님이 아니라 요시카와 군이 와 있다네."

"아닙니다. 얘기는 잠깐이면 끝나니 여기서 하겠습니다."

그렇게 말하며 빨강셔츠의 얼굴을 쳐다보니 얼굴이 불그스레한 것이 알랑방귀와 한잔 걸친 모양이었다.

"아까 제 월급을 올려주신다고 하셨는데 생각이 바뀌어서 거절하러 왔습니다."

빨강셔츠는 도대체 이 작자가 무슨 말을 하고 있나, 하는 표정을 지으며 나를 바라보았다. 오래 살다 보니 월급을 올려준대도 싫다는 인간이 다 있구나 하며 신기해하는 건지, 아니면 금방 돌아간 놈이 다시 이렇게 와서 거절을 한다고 하니 어처구니가 없는 건지, 아니면 그 두 가지 생각을 다 하는 것인지는 몰라도 빨강셔츠는 묘한 표정으로 어정쩡하게 서 있었다.

"제가 그때 승낙한 것은 고가 선생 본인이 원해서 전근을 간다고 말씀하셨기 때문에……."

"고가 선생은 순전히 본인 의사로 전근가는 걸세."

"그렇지 않습니다. 여기에 남고 싶어합니다. 월급이 그대로여도 좋으니 고향에 있고 싶어합니다."

"고가 선생이 자네한테 그렇게 말하던가?"

"아닙니다. 제 하숙집 할머니가 고가 씨 어머니에게 들은 내용을 제가 듣게 된 겁니다."

"미안한 말이지만 그건 사실과 다르네. 자네가 하는 말을 듣고 있자니, 하숙집 할멈이 하는 말은 믿을 수 있고 교감인 내 말은 믿지 못하겠

단 말처럼 들리는데……. 그런 뜻으로 해석해도 되겠나?'

이 대목에서 나는 조금 난처해졌다. 역시 문학하는 인간은 어디가 달라도 다르다. 미묘한 부분을 포착해서는 추근추근 물고 늘어진다.

옛날부터 아버지는 내게 종종 이런 말씀을 하셨다.

"너는 너무 경솔해서 못쓰겠다, 못쓰겠어."

나는 정말이지 경솔한 인간인가 보다. 하숙집 할멈 얘기만 듣고 그런 일은 있을 수 없다고 흥분하며 뛰쳐나왔지만 막상 끝물호박 선생과 그의 어머니를 만나서 자세한 사정 얘기를 들어 보지 못했던 것이다. 그러니까 이렇게 문학적으로 말꼬리 물어 따지고 공격해 오면 고스란히 당할 수밖에 없는 것이다.

정면으로 받아치기는 힘들었지만, 내 마음은 이미 빨강셔츠에 대한 불신으로 굳어져버린 상태였다. 하숙집 할멈은 욕심이 많고 구두쇠이긴 하지만 거짓말은 하지 않는다. 빨강셔츠처럼 겉 다르고 속 다른 인간은 아니다. 입장이 난처해진 나는 이렇게 대답했다.

"교감 선생님의 말씀이 옳을지는 모르겠습니다만, 아무튼 월급 인상은 사양하겠습니다."

"그렇게 싫다는 데야 무리하게 권하지는 않겠네. 하지만 얘기가 오고간 지 겨우 두세 시간 만에 특별한 이유도 없이 갑자기 마음을 바꾸면 앞으로 자네를 어떻게 믿고 일을 맡기겠나?'

"아무래도 상관없습니다."

"그렇지가 않아. 인간에게 신용만큼 중요한 것은 없다네. 내 한발 양보해서 하숙집 주인 할아버지가……."

"주인 할아버지가 아니라 할머니입니다."

"아무렴 어떤가. 여하튼 하숙집 할머니가 자네에게 한 말을 사실로 인정한다손 치더라도 자네의 월급 인상은 고가 선생의 월급을 깎아서 자네에게 빼돌리는 것이 아니네. 잘 들어보게. 고가 선생은 노베오카로 떠나고 그 후임이 오게 되지. 그 후임이 고가 선생보다 적은 월급을 받게 되는 거라 그 나머지가 자네한테 돌아가는 거라네. 자넨 아무에게도 미안해 할 필요 따위 없는 거야. 정 싫다면야 할 수 없지만, 다시 한 번 잘 생각해 보게."

나는 원래 머리가 그리 좋은 편이 아니라 평소 같으면 상대방이 이렇게 교묘한 말로 구슬리면 금세 내 잘못을 인정하며 꼬리를 내리고 물러섰을 것이다. 그러나 오늘 밤만큼은 왠지 그렇게 호락호락 물러설 수가 없었다.

빨강셔츠는 내가 이곳에 온 첫날부터 마음에 들지 않았다. 한때는 여자 같은 친절함에 호감을 가진 적도 있었지만, 그것이 친절이 아니라는 것을 알게 되자 오히려 전보다 더 싫어졌다. 그래서 앞에서 아무리 교묘하게 논리적으로 이야기를 늘어놓는다 하더라도, 교감이랍시고 큰소리를 치더라도 더 이상은 속아 넘어가지 않을 것이다. 논리정연하다고 다 좋은 사람이란 법은 없다. 또 공박을 당했다고 다 나쁜 사람도 아니다.

겉으로 보면 빨강셔츠가 하는 말이 옳아 보일지 모르겠지만 겉모양이 아무리 훌륭해도 사람 마음까지 움직일 수는 없다. 돈이나 권력, 논리로써 사람의 마음을 살 수 있다면 고리대금업자나 경찰, 대학교수가 사람들의 호감을 가장 많이 사야 할 것이 아닌가. 중학교 교감 정도의 언변으로 사람의 마음을 움직이려 하다니. 인간이란 자고로 자기의 감정에 따라 움직이는 것이지 교묘한 언변 따위나 논리에 따라 움직이지는 않는 법이다.

"교감 선생님의 말씀은 지당하십니다. 하지만 저는 월급을 올려 받는 것이 싫기 때문에 거절하는 겁니다. 아무리 생각해 보아도 결론은 똑같습니다. 그럼 안녕히 계십시오."

내뱉듯이 말하고 나서 문을 나섰다. 하늘에는 은하수가 한 줄기 펼쳐져 있었다.

멧돼지와의 화해

끝물호박 선생의 송별회가 있던 날 아침, 학교에 갔더니 느닷없이 멧돼지가 말을 걸어왔다. 그러더니 장황한 사과의 말을 늘어놓았다.

"이보게, 요전에는 이카긴이 와서 자네가 괴팍해서 힘드니 나가게 해달라고 부탁을 하는 바람에 그 말만 믿고 자네에게 그렇게 얘기한 거라네. 그런데 나중에 알고 보니 그 작자가 아주 몹쓸 놈이었어. 가짜 그림에 가짜 낙관을 찍어서 판다고 하니 자네에 대한 얘기도 다 꾸며낸 것이 분명해. 자네한테 족자나 골동품을 팔아서 장사를 해 볼 심산이었는데, 자네가 상대를 안 해 줘서 돈벌이가 되지 않자 그런 말을 꾸며내서 날 속인 거지. 내가 그 사람을 잘 알지도 못하면서 자네에게 아주 몹쓸 짓을 했네. 정말 미안하네. 용서해 주게나."

나는 잠자코 멧돼지의 책상 위에 놓여 있던 1전 5리를 집어서 내 지갑 속에 넣었다.

"자네, 이제 그 돈 도로 가져가는 겐가?"

의아한 듯 멧돼지가 물어왔다.

"그렇다네. 난 자네한테서 대접받는 것이 싫어서 반드시 갚을 생각이었는데, 나중에 곰곰이 생각해 보니 역시 대접을 받는 편이 좋을 것 같아서 가져가는 것이네."

내가 이렇게 설명을 하자 멧돼지는 큰소리로 "하하하" 하고 웃으며 물었다.

"그렇다면 왜 진작 집어가지 않았나?"

"사실은 집어가야지, 집어가야지 하고 생각하면서도 왠지 어색해서 그대로 두었지. 요즘은 학교에 와서 이 돈을 쳐다보는 것이 고통스러울 정도로 싫었다네."

"자네, 어지간한 고집불통이야."

"자네 고집도 만만치 않더군."

그런 후 우리 두 사람 사이에는 이런 이야기가 오고갔다.

"자넨 도대체 고향이 어딘가?"

"난 에돗코라네."

"음, 도쿄 토박이라 이거지. 어쩐지 고집불통에 억지가 세다 싶었어."

"자네는 어딘가?"

"난 아이즈(會津: 후쿠시마 현)라네."

"아이즈라고? 역시 그쪽 동네 고집도 만만치가 않지. 그래. 오늘 송별회에는 가 볼 텐가?"

"가고말고, 자네는?"

"나도 물론 가야지. 고가 선생이 떠나는 날에는 부두까지 배웅 나가려고 마음먹고 있다네."

"송별회는 재미있을 걸세. 한번 나가 보게. 오늘은 실컷 마시고 마음껏 취하고 싶어."

"실컷 마시게나. 나는 안주만 먹고 바로 돌아갈 참이네. 술 마시는 사람들을 난 이해할 수 없어. 모두 바보가 아닌가 싶어."

"자네는 이내 싸움을 걸어오는군, 그래. 누가 에돗코 아니랄까 봐 경솔하기는……."

"아무래도 좋네. 그건 그렇고, 송별회에 가기 전에 잠깐 내 하숙집에 들러주게. 할 얘기가 있다네."

멧돼지는 약속대로 내 하숙집에 들렀다. 나는 얼마 전부터 끝물호박 선생의 얼굴을 볼 때마다 불쌍해서 견딜 수가 없었는데 급기야 이렇게 송별회 날이 다가오자 말할 수 없이 서글퍼졌다. 할 수만 있다면 내가 대신 전근가고 싶다는 생각까지 할 정도였다. 그래서 송별회 석상에서 대대적인 송별사로 대신해서라도 석별의 정을 나누고 싶었다. 하지만 주변머리 없는 나는 무얼 어찌할 바를 모르겠어서 목소리가 우렁찬 멧돼지를 통해 빨강셔츠의 간담을 한번 서늘하게 해 주고 싶었다. 그래서 일부러 멧돼지를 부른 것이었다.

나는 우선 첫머리에 마돈나의 사건부터 풀어가기 시작했다. 멧돼지는 마돈나 사건에 대해서 나보다도 더 자세하게 알고 있었다. 내가 노제리 강둑에서 있었던 일을 얘기를 하면서,

"정말 바보 같은 자식이야!"

라고 말하자 멧돼지는 말했다.

"자네한테 걸리기만 하면 무조건 '바보'가 되는군 그래. 오늘 학교에서도 나보고 바보라고 하지 않았나? 내가 진짜 바보라면 빨강셔츠는 바보가 아닐세. 나는 그 인간과 같은 족속이 아니니까……."

"그럼 빨강셔츠는 쓸개 빠진 인간이야."

"맞아, 그럴지도 몰라."

멧돼지는 그 말에 매우 흡족해했다. 멧돼지는 나보다 덩치도 크고 힘도 세지만 이런 표현력에 있어서는 나보다 한 수 아래다. 아이즈 출신들은 대개가 이런 모양이다.

그런 후에 월급 인상 사건과 나중에 중요한 직책을 맡게 될 것이라는 얘기 등 빨강셔츠가 내게 했던 말을 그대로 옮겼다. 그랬더니 멧돼지는 '흐흥' 하며 콧방귀를 뀌면서 말했다.

"그렇다면 나를 내쫓을 생각이로군, 그래."

"자네를 내쫓다니, 그럼 자네 그만둘 생각인가?"

"내가 가만히 앉아서 당할 것 같아? 내가 쫓겨난다면 빨강셔츠도 무사하지 못할걸?"

멧돼지는 으스대며 큰소리를 쳤다.

"어쩔 셈인데?" 하고 내가 묻자,

"그건 차차 생각을 해 봐야지"라고 대답했다.

멧돼지는 힘은 넘칠지 몰라도 지혜는 부족한 것 같다. 내가 월급 인상을 거절했다고 말하자 무척 기뻐하면서, 과연 에돗코답다며 칭찬을 아끼지 않았다.

"끝물호박 선생이 그토록 가기 싫어한다는 걸 알았다면 왜 전근을 보류해 줄 것을 요청하지 않았지?"

"끝물호박 선생한테 얘기를 들었을 때는 이미 결정이 되어버린 상태였네. 그래도 교장한테 두 번, 빨강셔츠한테 한 번씩 가서 이야기를 해 보았지만 아무런 소용이 없었어."

그는 퍽 애석한 표정을 지으며 이렇게 덧붙였다.

"아무리 그래도 그렇지, 고가 선생은 사람이 너무 좋아서 탈이란 말이야. 빨강셔츠한테서 그 얘길 들었을 때 그 자리에서 거절하든지, 아니면 한 번 생각해 보겠다고 하면서 피했어야지…… 그 언변술에 속아 넘어가서 그 자리에서 승낙을 해버렸으니, 나중에 어머니가 애원을 하고 내가 중간에 나서서 애를 써보았지만 아무런 소용이 없었어."

"이번 사건의 진상은 순전히 빨강셔츠가 마돈나를 차지하려고 끝물호박 선생을 멀리 보내려는 수작임에 틀림없어."

"그렇고말고. 그 녀석은 겉으로는 얌전한 척 점잔 떨면서 뒤로는 온갖 나쁜 수작을 다 부려놓고 남들이 아무 말 못하도록 미리 빠져나갈 구멍을 파놓고 있는 아주 교활한 놈이야. 그런 놈은 따끔한 주먹맛을 보여줘야 정신을 차리지 다른 방법이 없어."

멧돼지는 그렇게 말하며 자신의 근육질 팔을 걷어 부쳐보였다. 이왕 말이 나온 김에 나는 그에게 물어보았다.

"자네 팔뚝 힘이 꽤 세 보이는데 유도라도 배운 건가?"

그랬더니 이 친구가 팔뚝에 힘을 주더니 내게 만져 보라고 하는 것이 아닌가. 내가 손끝으로 눌러 보았더니 그 딱딱하기가 마치 굳어 있는 콘크리트 덩어리 같았다. 내가 너무 감탄한 나머지 그 정도의 팔뚝이라면 빨강셔츠 같은 놈 대여섯 명이 달려들어도 한방에 내동댕이칠 수 있겠다고 말했다. 그러자 멧돼지는 그 말에 맞장구를 치면서 다시 한 번 팔뚝을 구부렸다 폈다 했다. 그때마다 알통이 불끈불끈 솟아올랐다. 그 모습을 보고 있으니 나는 절로 기분이 좋아졌다.

그의 경험담에 의하면, 노끈 두 가닥을 꼬아서 알통이 솟는 팔뚝에 감아놓고 '윽!' 하고 힘을 주면 '툭' 하고 노끈이 끊어진다는 것이다.

"노끈이라면 나도 할 수 있겠는걸."

그랬더니 멧돼지는 어림도 없는 소리라면서 한 번 해 보라고 말했다. 남들 보는 앞에서 못해내면 창피 당할까 봐 나는 다음번에 하겠다고 해 두었다.

"자네, 어떤가? 오늘 밤 송별회 때 실컷 마시고 나서 빨강셔츠랑 알랑방귀를 한방 먹여 보지 않겠나?"

내가 반 농담으로 의중을 떠보자 멧돼지는, "글쎄……"하며 잠깐 생각을 해 보더니 대답했다.

"오늘 밤은 아무래도 그만두는 게 낫겠어."

"왜지?"

"오늘 밤은 고가 선생 송별회인데 그러면 선생한테 미안하지 않나. 그리고 어차피 크게 한방 먹여 줄 거라면 그 놈들이 못된 짓하는 현장을 덮쳐서 그 자리에서 실컷 두들겨 패주자구. 그렇지 않으면 우리가 되레 뒤집어쓰게 된다니까."

멧돼지가 꽤나 그럴 듯한 소리를 하는 것 같다. 어째 나보다는 분별력이 있어 보인다.

"자, 그러면 오늘 밤에는 송별사로 끝물호박 선생을 많이 북돋아 주게나. 내가 하게 되면 에돗코의 경박스런 말투 때문에 무게가 없어서 못쓴다네. 그리고 나는 모임에만 나가면 갑자기 가슴이 벅차고 목구멍에 커다란 덩어리가 올라와서 말문이 막혀버리기 때문에 자네한테 양보하는 걸세."

"별 희한한 병도 다 있군 그래. 그럼 자네는 사람들이 많이 모인 데서는 입도 뻥긋할 수 없단 말이지? 그것 참 곤란하겠는데?"

"뭐 그렇게 곤란할 것까진 없네."

나는 그렇게 대답했다.

끝물호박 선생의 송별회

그럭저럭 시간이 다 되어 멧돼지와 함께 송별회 장소로 발걸음을 옮겼다. 이윽고 한상이 차려져 들어오고 술병이 줄줄이 늘어서 있다. 간사가 일어나 한마디 개회사를 한다. 그런 다음 너구리가 한마디 하고 이어 빨강셔츠가 한마디 했다. 모두가 돌아가며 송별사를 한마디씩 했는데, 세 사람 모두 약속이나 한듯이 "끝물호박 선생은 좋은 교사이며 훌륭한 사람"이라며 허풍을 떨고 있었다.

"이번에 떠나시게 되어 매우 유감입니다. 학교로서뿐만 아니라 개인적으로도 대단히 안타깝게 생각하지만, 일신상의 이유로 전근을 강력히 희망하셨기 때문에 더 이상 붙잡을 수가 없게 되었습니다."

이런 식의 송별사를 하면서도 조금도 부끄러운 기색이 없었다. 더욱 가관인 것은 빨강셔츠가 세 사람 중에서 끝물호박 선생을 제일 많이 칭찬했다는 것이다.

"이렇게 좋은 친구를 잃는다는 것은 저에게 있어 참으로 불행한 일입니다."

이렇게까지 말하는 게 아닌가. 그도 그럴 것이 폼도 그럴듯하게, 평소보다도 더 부드러운 목소리로 말하는 것이어서 처음 듣는 사람은 그 말을 진심으로 받아들였을 것이다. 모르긴 몰라도 마돈나도 이런 수법으로 가로챘을 것이 분명하다.

빨강셔츠가 한창 송별사를 늘어놓고 있는 동안에 맞은편에 앉아 있던 멧돼지가 날 보고 눈을 깜박거리면서 눈짓을 했다. 나는 집게손가락으로 아래 눈까풀을 까뒤집어 보이며 웃긴다는 표시로 응답해 주었다.

빨강셔츠가 자리로 돌아가자마자 기다렸다는 듯이 멧돼지가 불쑥 일어서길래 흥분해서 나도 모르게 박수를 짝짝짝, 치고 말았다. 그러자 너구리를 비롯한 모든 사람들의 시선이 내게 쏠리는 바람에 조금 머쓱해졌다. 나는 멧돼지가 무슨 소리를 하는지 귀를 기울였다.

"지금 교장 선생님을 비롯하여 교감 선생님이 누구보다도 고가 선생의 전근을 몹시 애석해하고 계시지만 제 생각은 조금 다릅니다. 저는 고가 선생이 하루라도 빨리 이곳을 떠나셨으면 하는 바람입니다. 노베오카는 멀리 떨어진 산골이라서 이곳과 비교하면 생활하는 데 불편함이 따를 것입니다. 그러나 제가 듣기로는 인심이 후하고 살기 좋은 고장이라고 합니다. 교직원과 학생들도 모두 하나같이 꾸밈없고 소박한 사람들이구요. 마음에도 없는 찬사를 늘어놓는다든지, 멀쩡한 얼굴로

군자를 모함하는 하이칼라 놈들은 한 명도 없을 것이라고 믿기 때문에 고가 씨처럼 성품이 온화하고 솔직하며 인정이 넘치는 분은 반드시 그 고장에서 크게 환영 받을 것을 믿어 의심치 않습니다. 저는 고가 씨의 전근을 진심으로 축하하는 바입니다. 마지막으로 한 말씀드리자면, 고가 씨가 노베오카에 부임하거든 훌륭한 남자에게 걸맞는 그 지방의 참한 아가씨를 만나 하루라도 빨리 원만한 가정을 꾸려서 저 지조 없는 말괄량이 아가씨의 코를 납작하게 만들어주기를 바랍니다."

멧돼지는 그렇게 말한 후, "에헴, 에헴!" 하며 큰 헛기침을 두어 번하더니 자리에 앉았다. 나는 이번에도 박수를 칠 뻔했지만, 사람들의 시선이 두려워서 참았다.

멧돼지가 자리에 앉자 이번에는 끝물호박 선생이 일어섰다. 선생은 정중하게 자신의 자리에서 방 윗목의 말석까지 가서 공손하게 일동에게 인사를 한 다음 이렇게 말했다.

"이번에 저의 개인적인 사정으로 규슈(九州)로 전근을 가게 되었습니다. 그런 저를 위해 여러 선생님들께서 이렇게 성대한 송별회를 베풀어 주시니 참으로 몸둘 바를 모르겠습니다. 특히 방금 교장 선생님을 비롯해 교감 선생님, 그 외 여러 선생님들께서 해 주신 말씀에 대해서 깊이 감사드리며 평생 가슴에 새겨두겠습니다. 전 이제 먼 곳으로 떠나지만 아무쪼록 지금까지 제게 보여주신 것처럼 변함없는 사랑과 관심을 부탁드립니다" 하며 허리 굽혀 인사하고 나서 자리에 가서 앉았다.

끝물호박 선생은 사람이 어디까지 좋은지 그 속내를 알 수가 없다.

자신을 바보 취급하는 교장과 교감에게 끝까지 공손하게 인사를 하고 있다. 그의 태도나 말투, 얼굴 표정으로 볼 때 형식적인 것이 아니라 진심으로 감사하고 있는 것처럼 보이니 말이다.

이런 성인군자에게 진심 어린 인사를 받는 너구리나 빨강셔츠는 미안한 생각이 들어 얼굴을 붉힐 만도 한데 그러기는커녕 두 사람은 뻔뻔스런 표정으로 인사말을 듣고 있다.

인사말이 끝나자 여기저기서 후루룩 쩝쩝 소리가 들렸다. 나도 덩달아 국물을 마셔보았더니 맛이 없었다. 술병이 부산하게 오고가더니 좌중이 갑자기 소란스러워졌다.

알랑방귀는 교장 앞으로 나아가 공손하게 잔을 받고 있었다. 볼수록 역겨운 놈이다. 끝물호박 선생은 한 사람씩 차례로 술을 따르며 한 바퀴 돌 모양이었다. 꽤나 피곤한 일일 텐데 말이다.

"저한테 한 잔 주시지요."

하며 끝물호박 선생이 내 앞에 와서 정중하게 술을 청하기에 나도 궁색하게 꿇어앉아서 술을 한 잔 따라주며 말했다.

"만난 지 얼마 되지도 않았는데 벌써 이별이라니 서운합니다. 언제 떠나십니까? 꼭 부두에 배웅하러 나가겠습니다."

"아휴, 아닙니다. 바쁘실 텐데 그러실 필요까지 없습니다."

끝물호박 선생이 아무리 거절한다 해도 나는 학교를 쉬고라도 나갈 작정이었다.

그리고 나서 한 시간 정도가 지났을까, 술이 거나하게 취한 사람들로 주변이 소란스러워졌다. 나는 약간 지루한 생각이 들어서 화장실에 갔다가 별빛에 비친 고풍스러운 정원을 바라보고 있었다. 그때 멧돼지가 다가와서, "어때? 아까 송별사 잘했지?"라며 꽤 의기양양해하고 있었다.

"다 좋았는데, 딱 한 가지가 마음에 들지 않았어."

내가 항의조로 말하자,

"어디가 마음에 들지 않았는데?"

"'멀쩡한 얼굴로 군자를 모함하는 하이칼라 놈들은 노베오카에 없으니까……' 하고 자네가 말했지?"

"그랬었지."

"그런데 '하이칼라 놈'만으로는 부족하다구."

"그럼 뭐라고 하지?"

"하이칼라 놈에다가 협잡꾼, 야바위꾼, 양의 탈을 쓴 사기꾼에다가 족제비, 포졸 앞잡이에다가, 개소리 하는 놈들……. 등등 이렇게 말했어야 됐어."

"나는 그렇게까지 지어내지 못하네. 그러고 보니 자네는 말재주가 있어. 우선 단어를 많이 알고 있다니까. 그러면서 남들 앞에 서면 말을 못한다는 게 어째 이상하네, 그려"

"아니야. 이건 어디까지나 싸울 때를 대비해서 준비해 둔 말들이야. 점잖은 자리에서 이런 말을 할 수는 없잖나."

"그런가? 정말 그런 말은 술술 나오는군, 그래. 어디 다시 한 번 해 보게나.”

“얼마든지 해 주지. 잘 들어봐! 하이칼라 놈, 협잡꾼, 야바위꾼에다가……”

이렇게 늘어놓고 있는데 복도에서 쿵쾅거리며 두 사람 정도가 비틀거리면서 나왔다. 우리를 보더니 대뜸 하는 말이,

“두 양반들, 이거 너무 하는군, 도망을 치려하다니. 꺼억, 내가 여기 떡 버티고 있는 한, 한 발치도 도망가지 못하네. 자, 어서 마시게, 마셔. 뭐, 사기꾼? 꺼억, 재미있군, 정말 재미있어. 자, 어서 마셔.”

그렇게 말하고는 나와 멧돼지를 방으로 잡아끈다.

사실 이 두 사람은 화장실에 가던 중이었는데 너무 취해서 볼일 보는 것도 잊어버린 채 우리를 잡고 시비를 거는 것 같았다. 아무래도 술주정꾼들은 눈앞의 일에 정신이 팔려 정작 할일을 금방 잊어버리고 마는가 보다.

“자, 이것 보세요, 여러분! 내가 사기꾼들을 잡아 왔어. 꺼억. 어서 술을 먹이자구. 이 사기꾼들을 잔뜩 취하게 만들어 놓자구. 너 이놈들, 꺼억, 오늘 도망가긴 다 글렀다!’

그리고는 가만히 있는 나를 벽 쪽으로 밀어붙였다.

주변을 여기저기 둘러보니 상 위에 먹을 만한 안주거리가 하나도 없었다. 자기 앞에 놓인 음식들은 싹싹 다 먹어치우고는 한참 옆에 있는 상을 기웃거리는 놈들만 눈에 띈다. 교장은 언제 돌아갔는지 보이지 않았다.

"고가 선생, 이제 그만 돌아갑시다."

나는 돌아갈 것을 권유해 보았다. 그러자 그는, "오늘은 저를 위한 송별회인데, 제가 먼저 돌아가는 건 실례가 되지요. 먼저 돌아가시지요."

끝물호박 선생은 이렇게 말하며 꿈쩍도 하지 않았다.

"무슨 상관입니까? 송별회가 송별회다워야지, 저 꼴들 좀 보십시오. 미치광이들을 모아놓은 것 같습니다. 자, 어서 돌아갑시다."

억지로 이렇게 권하며 방을 나가려고 하는데 알랑방귀가 빗자루를 휘두르며 다가왔다.

"이런, 오늘의 주인공이 먼저 자리를 뜨다니 말이 안 되지. 담판을 짓기 전에는 못 보내준다!"

나는 안 그래도 아까부터 그놈 때문에 부아가 끓어오르려던 참이었다.

"담판을 짓고 싶으면 어디 혼자서 실컷 해 보시지 그래?"

나는 이렇게 말하며 주먹으로 알랑방귀의 머리통을 후려 갈겼다. 알랑방귀는 2, 3초 가량을 얼빠진 사람처럼 멍하니 서 있더니 이렇게 말했다.

"어라? 내게 주먹질을 다 했어? 이거 해도 너무 하는구먼. 내참 기가 막혀서. 천하의 요시카와를 때렸다 이거지. 이젠 정말로 담판을 짓자구!"

이렇게 횡설수설하는 가운데 뒤에서 멧돼지가 뭔가 일이 벌어진 것을 눈치 채고 하던 검무(劍舞)를 그만두고 뛰어왔다. 그는 알랑방귀의 추태를 보더니 갑자기 그의 목덜미를 잡아끌었다.

"아야, 아야! 아퍼, 아프다구! 왜 이렇게 난폭하게 구는 거야?"

뿌리치며 발버둥치는 것을 멧돼지가 잡아채서 한 번 비틀어주자 이내 쿵, 하고 쓰러졌다. 그 다음에는 어떻게 되었는지 모른다. 도중에 끝물호박 선생과 헤어져서 집에 도착해 보니 어느새 11시가 지나 있었다.

승전 기념일

　오늘은 승전 기념일이라 수업이 없는 날이다. 기념식이 연병장에서 열리는 관계로 너구리가 학생들을 인솔해서 참석하기로 되어 있다. 나도 교직원의 한 사람으로서 참석해야 한다. 시내로 나오자 거리는 온통 펄럭이는 일장기의 물결로 눈이 부실 정도였다. 8백 명이나 되는 학생들을 체육 선생이 조를 짜서 일렬로 세운 다음, 반과 반 사이에 간격을 두어 그 사이사이에 교직원 한두 사람씩을 감독으로 배치했다. 방법은 매우 그럴듯해 보이지만 실제로는 여간 정신없는 것이 아니었다.

　왜냐하면 학생들은 철이 없는 데다 건방지기가 이를 데 없기 때문이다. 이를테면 규율을 잘 지키고 있으면 체면이 구겨진다고 생각하는 녀석들이다. 따라서 교사 몇 사람이 달라붙어 보았자 아무 소용이 없었다. 명령이 떨어지지도 않았는데 마음대로 군가를 불러대지 않나, 군가를 멈추면 이유 없이, "와"하는 함성을 내지르지를 않나, 마치 불량배가 거리를 휩쓸고 지나가는 격이었다. 군가도 안 부르고 함성도 지르지 않을 때는 와자지껄 시끄럽게 떠들어 댄다. 떠들지 않고 조용히 걸어가면 입이 근질근질한가 보다. 일본인들은 태어날 때 입부터 나온다더니 아무래도 그 말이 맞는가 보다. 아무리 야단을 쳐봐도 눈도 깜짝 안 한다.

떠드는 것도 단순한 수다라면 또 모른다. 무례하기 짝이 없게스리 선생들의 험담을 하고 있는 것이다. 나는 숙직 사건으로 학생들에게 사과를 받아냈고, 그 정도면 정신을 차렸으려니 생각했다. 그러나 그건 나의 크나큰 착각이었다.

학생들은 진심으로 뉘우치고 잘못을 빈 것이 아니었다. 다만 교장 선생의 명령으로 형식적으로 머리를 조아렸을 뿐이었다. 장사치들이 사람들 앞에서는 머리를 조아리면서 뒤로 속여먹는 것처럼 학생들도 마찬가지였다. 앞에서는 머리를 조아리며 사죄를 했지만 그렇다고 장난질을 멈출 놈들이 결코 아니었다.

곰곰이 생각해 보면 세상 모든 사람들이 이런 학생들과 같은 부류의 사람들로 이루어져 있는지도 모르겠다. 사람이 사과를 하거나 용서를 빌 때 진정으로 받아들이고 용서하는 사람은 지나치게 정직해서 바보 취급을 당하는 것이 아닌가. 거짓으로 사과를 하니 용서도 분명히 가짜일 수밖에 없다. 만약 진실로 사죄받기를 원한다면, 상대의 눈에서 눈물이 쏙 빠지도록 진심으로 후회할 때까지 두들겨 패주지 않으면 안 된다.

내가 녀석들 사이로 들어가자 '덴뿌라' 니 '경단' 이니 하는 소리가 끊임없이 들려온다. 여럿이 하는 소리인지라 누가 하는 소리인지 알 수 없었다. 설사 잡아낸다고 해도 분명히 이렇게 둘러댈 것이 뻔했다.

"선상님한테 덴뿌라라고 그란 적 없당께요, 경단이라고 한 적도 없지라우이. 선상님께서 너무 예민하셔서 그렇코롬 들리는 것뿐이랑께요."

이렇게 비열한 근성은 막부시대부터 이어내려 온 이 지방의 뿌리 깊은 습성이라 아무리 타이르고 가르쳐준다 해도 절대 고쳐질 리 없었다. 이런 곳에 일년만 있으면 멀쩡한 나도 이런 흉내를 내게 될지도 모른다. 하지만 상대가 교묘하게 빠져 나갈 수단을 마련해놓고 나를 모욕하는 짓 따위를 못 본 체 넘어갈 얼간이는 이 세상에 없을 것이다.

상대가 사람이라면 나도 사람이다. 학생이라고 해도 덩치는 나보다 크다. 따라서 교사의 권위로 벌을 줘서 어떻게든 보복하지 않으면 이쪽 체면이 서지 않는다. 그런데 내 쪽에서 보복을 할 때 예전처럼 만만한 방법으로 했다가는 저쪽에서 역습을 가해 올 것이 뻔했다.

"네 놈들이 잘못해서 그러는 것이다"라고 말한다면 처음부터 빠져 나갈 구멍을 만들어 놓은 놈들이라 거침없이 변명을 해댈 것이다. 변명을 늘어놓고 겉으로는 당당한 척하면서 그 다음에는 이쪽의 결점을 공격해 들어올 것이다.

처음부터 보복으로 시작된 일이므로 이쪽의 주장은 저쪽의 결점이 드러나지 않는 이상 변명에 지나지 않는다. 요컨대 먼저 손을 댄 쪽은 저쪽인데 세상의 이목은 내가 싸움을 건 것처럼 비쳐질 수 있다는 것이다. 이런 불이익이 어디 있단 말인가.

이런 생각을 하면서 마지못해 따라가고 있는데 선두 쪽에서 갑자기 시끌시끌하게 소란이 일고 있었다. 그러자 갑자기 줄이 딱 멈추었다. 무슨 일인가 싶어 대열에서 오른쪽으로 빠져나와 앞을 보니 오테마치 (大手町)를 건너편에 두고 야쿠시마치(藥師町)로 꺾어지는 길모퉁이에서 학생들이 선 채로 옥신각신하고 있었다.

선두 쪽에서 조용히 하라고 외치는 체육 선생의 쉰 목소리가 들려왔다. 내가 무슨 일이냐고 물으니, 길모퉁이에서 중학교와 사범학교 학생들이 맞붙었다는 것이었다.

원래 중학교와 사범학교는 어느 지방에서든지 개와 원숭이처럼 앙숙 관계여서 걸핏하면 싸운다고 한다. 이유는 모르겠지만 기질이 전혀 다르다는 것이다. 아마도 좁은 시골 바닥이다 보니 심심파적 삼아 한번씩 붙어보는 것이 아닐까. 나는 싸움 구경을 좋아하는 편이라 싸움이 붙었다는 소리에 반색을 하며 달려갔다.

내가 학생들 사이를 이리저리 헤집으며 빠져나가 길모퉁이에 막 들어서려는 순간, "앞으로!" 하는 높고 날카로운 구령이 들리면서 사범학교 학생들이 엄숙하게 행진을 시작했다. 앞을 다투던 싸움이 분명히 타결된 것 같은데 결국 중학교가 한발 양보한 것이었다. 서열상으로도 사범학교가 한수 위라고 한다.

승전 기념식은 매우 조촐하게 치뤄졌다. 여단장이 축사를 낭독하고 이어 지사가 축사를 낭독했다. 그리고 나서 참석자가 만세삼창을 한다. 그것으로 끝이었다.

뒤풀이 축하연은 오후에 있다고 하기에 일단 하숙집으로 돌아갔다. 그리고 얼마 전부터 벼르고 있던 기요에게 답장을 쓰기로 했다. 자세하게 써달라는 주문 때문에 이번에는 되도록 정성들여 써야 했다. 그러나 막상 편지지를 앞에 놓고 보니 쓸 말은 많은데 무엇부터 어떻게 시작해야 할지 막막하기만 했다.

'그 얘길 쓸까? 아니 그건 귀찮아. 그럼 이걸로? 아휴, 이건 시시해. 힘들이지 않고 술술 써지는 것으로, 기요가 재미있어 할 만한 사연을 생각해 보니 그 조건에 들어맞는 사건이 하나도 없는 것 같았다.

나는 먹을 갈아서 붓에 먹물을 축인 후 종이를 바라보고, 붓을 축이고, 먹을 갈고, 또 종이를 바라보고……. 이처럼 똑같은 동작을 몇 번이고 되풀이했다. 그런 다음 도저히 내 능력 밖의 일이라는 생각이 들어 포기하고 벼루 뚜껑을 덮고 말았다. 편지 쓰는 일 따위는 귀찮다. 역시 도쿄로 올라가서 기요를 만나 직접 이야기하는 편이 훨씬 쉽고 편할 것 같다.

기요가 걱정하고 있다는 것을 모르는 바는 아니지만 기요의 주문대로 편지를 쓰는 것은 삼칠일(21일) 단식보다도 더 힘든 일이란 걸 깨달았다.

스키야키

나는 붓과 편지지를 내동댕이치고 벌러덩 드러누워 팔베개를 한 채 마당 쪽을 바라보았다. 역시 기요가 마음에 걸린다. 그때 문득 이런 생각이 들었다.

'이렇게 먼 곳에 와서까지 기요 생각을 하고 있는 걸 보면 분명 내 마음이 기요한테 전달될 거야. 이렇게 마음이 통하는데 굳이 편지 같은 걸 쓸 필요가 있을까? 무소식이 희소식이라고, 소식이 없으면 무사히 잘 지낸다고 생각할 거야. 편지란 건 자고로 사람이 죽었을 때나 병이 났을 때처럼 무슨 일이 있을 때에나 보내는 것이지, 암.'

하숙집 마당은 열 평 정도 되는 넓이의 평지였는데 이렇다 할 나무가 심어져 있지 않았다. 다만 귤나무 한 그루만 덩그러니 서 있었는데 담 너머에서도 보일 만큼 키가 크다. 나는 하숙집에 돌아오면 늘 이 귤나

무를 바라보곤 한다. 도쿄에서만 자란 나 같은 사람에게는 귤이 나무에 열려 있는 모습을 본다는 것 자체가 퍽이나 신기한 일이기 때문이다. 저 푸른 열매가 점점 익어가면서 노랗게 변해갈 텐데 그러면 보기에도 무척 좋을 것이다. 지금도 어떤 것은 벌써 절반쯤 색이 노랗게 변한 것도 있다. 주인 할멈이 그러는데 이 귤은 물이 많아 아주 맛있다고 한다.

"쪼께 있으면 익을 테니께 그때 가서 실컷 잡수시랑께로."

주인 할멈이 그렇게 말해서 나는 매일마다 몇 개씩 먹어야지, 하고 생각했다. 이제 3주만 지나면 먹음직스럽게 익을 것이다. 설마 3주 내에 이곳을 떠나는 불상사는 없겠지…….

내가 귤을 먹을 생각에 흐뭇해하고 있는데 멧돼지가 하숙집으로 찾아왔다.

"오늘이 승전 기념일이고 해서 자네와 함께 맛있는 거라도 먹으려고 쇠고기를 사 왔다네."

멧돼지는 대나무 잎으로 싼 고기 덩어리를 소매에서 꺼내서 방 한가운데에 내려놓으며 말했다. 나는 하숙집에서 감자와 두부 공세로 고문을 당하고 국수집과 경단 가게 근처에는 얼씬도 못하고 있었으므로 좋아라하며 바로 할멈에게 냄비와 설탕을 빌려와서 끓이기 시작했다. 고기를 한참 씹어대며 멧돼지가 내게 물었다.

"자네, 빨강셔츠에게 단골 기생이 있다는 사실을 알고 있나?"

"알고말고. 요전에 끝물호박 송별회 때 그 자리에 있었던 기생들 중 한 명이지?"

"그 작자는 입만 열었다 하면 품성이 어떻다는 둥 정신적인 즐거움이라는 둥 운운하면서 뒤에서는 기생들과 놀아나는 비열한 놈이야. 그러면 다른 사람이 노는 것은 관대하게 봐줘야지, 자네가 국수집과 경단 가게에 가는 일마저 품위를 깎아 내리는 일이라고 교장을 통해 주의를 주지 않았나?"

"그랬지. 그 놈의 사고방식으로는 돈으로 기생을 사는 것은 정신적인 즐거움이고, 국수나 경단은 물질적인 즐거움인 모양이지, 뭐. 정신적 즐거움을 누리려거든 터놓고 할 일이지 그게 무슨 꼴이람? 단골 기생이 들어오니까 교대로 자리를 뜨면서 줄행랑을 치면서 끝까지 남을 속이려고만 드니 정말 쾌씸하기가 이를 데 없어. 안 그런가?"

"이봐, 그건 아직 덜 익었네. 그런 걸 먹으면 촌충이 생겨."

"그래? 뭐, 괜찮겠지. 그리고 말일세. 빨강셔츠는 남의 눈을 피해 온천 거리에 있는 가도야(角屋)에 가서 기생과 만나는 모양이야."

"가도야라면 바로 그 여관 말인가?"

"여관과 요릿집을 겸하고 있지. 그러니까 그 놈의 코를 납작하게 만들어 주려면 그 놈이 기생을 데리고 그리로 들어가는 현장을 잡아서 꼼짝없이 그 자리에서 단단히 망신을 주는 거야."

"현장을 잡는다고 하면……. 그럼 한밤중에 망이라도 본단 말인가?"

"그렇고말고. 가도야 앞에 마스야(枡屋)라는 여관이 있어. 그곳 정면 이층 방을 빌려서 창호지에 구멍을 뚫고 지켜보면 된다네."

"우리가 망을 보는 동안 과연 그놈이 올까?"

"오겠지. 어차피 하룻밤 가지곤 안 돼. 한, 이 주일 정도는 할 생각을 해야지."

"무척 피곤할 걸세. 난 아버지가 돌아가실 때 일주일쯤 밤을 꼬박 새면서 간병한 적이 있는데, 나중에는 정신이 멍해져서 뻗어버리고 말았어."

"몸이 조금 피곤한 거야 큰 문제가 아니야. 저런 못된 놈을 그냥 두면 나라를 위해서도 득 될 것이 없기 때문에 내가 하늘을 대신해서 벌을 줘야 해."

"좋아! 언제든지 협력하지. 내가 계략에는 약해도 이래봬도 싸움에는 일가견이 있다네."

멧돼지와 내가 열심히 빨강셔츠를 퇴치할 계략을 짜고 있는데 하숙집 할멈이 왔다.

"학생 하나가 홋타 선상님을 뵙겠다고 와 있는디……. 방금 댁에 갔더니 안 계셔서 아마 여기 계실 거라고 해서 찾아왔다고 말한당께로."

할멈은 이렇게 말하며 문턱 앞에 무릎을 꿇고 대답을 기다리고 있었다.

"아, 그래요?"

하고 멧돼지가 현관까지 나갔다가 이내 돌아와서는, "학생 하나가 승전 축제 뒤풀이에 가자는데 자네, 갈 텐가? 오늘은 고치(高知)에서 춤꾼들이 몰려와서 무슨 춤인가를 보여준다고 하는데 좀처럼 보기 힘든 춤이라고 꼭 구경하라는군. 자네도 같이 가 보세."

멧돼지는 몹시 들떠서 함께 갈 것을 권했다. 멧돼지가 모처럼 권하는 일이라 나는 기꺼이 함께 따라 나섰다. 어떤 학생이 멧돼지를 찾아왔나 했더니 다름 아닌 빨강셔츠의 동생 놈이었다. 별 희한한 놈이 다 찾아 왔구나 싶었다.

뒤풀이

　기념식장에 들어서니 기다간 깃발이 여기저기 꽂혀 있었고, 세계 만국기를 몽땅 빌려온 것처럼 줄줄이 걸어 놓아 드넓은 하늘이 전에 없이 화려해 보였다. 동쪽 구석에 벼락치기로 무대를 만들어 놓고 그 위에서 고치(高知)의 그 무슨 춤인가를 춘다고 한다.

　무대 반대편에서는 불꽃이 계속 터지고 있었다. 불꽃 사이에서 '제국 만세'라 씌어진 풍선이 나타났다. 풍선은 천수각(天守閣: 일본의 성(城) 중, 본성에 높게 구축한 망루—역주) 꼭대기 위를 한 바퀴 돌더니 연병장 한가운데에 떨어졌다.

　그 다음에는 검은 공처럼 생긴 것이 '슛'하고 가을 하늘을 꿰뚫듯이 올라가는가 싶더니 바로 내 머리 위에서 '팡'하고 터지면서 그 안에서 파란 연기가 우산살처럼 펴지며 공중에서 흩어졌다.

풍선이 한차례 또 날아오른다. 이번에는 붉은 바탕에 흰 글씨로 '육 · 해군 만세!'라는 문구가 새겨진 풍선이 바람에 나부끼며 온천 거리에서 아이오이(相生) 마을 쪽으로 날아갔다. 어쩌면 관음 사찰 경내에 떨어졌을지도 모르겠다. 기념식 때는 사람들이 적었으나 이번 뒤풀이에는 엄청나게 많은 인파가 몰렸다.

그때 마침 평판이 자자한 고치의 춤이 시작되었다. 춤을 춘다고 하기에 나는 춤의 일인자인 후지마(藤間)의 춤과 비슷한 것이겠지 짐작했는데 전혀 예상 밖의 춤을 선보였다. 절도 있게 머리 수건을 뒤로 동여매고 바지 가랑이를 졸라맨 하카마를 입은 남자가 열 명씩 무대 위에 세 줄로 늘어서 있었다. 그 서른 명의 남자들이 하나같이 칼집에서 칼을 빼들고 있는 것을 보고 나는 깜짝 놀랐다.

앞줄과 뒷줄 사이의 간격은 약 45센티미터 정도 될 것이다. 양 옆의 간격은 더 좁으면 좁았지 넓지는 않았다. 딱 한 사람만이 줄을 벗어나 무대 끝에 서 있었다. 무리에서 벗어난 이 남자는 하카마를 입고 있었지만 머리수건은 두르지 않고 칼 대신 가슴팍에 북을 걸고 있었다. 북은 다이카구라(太神樂: 에도시대에 즐기던 잡예의 일종으로 사자춤 접시돌리기 곡예 등이 있다―역주) 때 사용하던 것과 같은 것이었다.

이 남자가 이윽고, "야아, 하아!" 하며 늘어지는 소리로 요상한 노래를 부르며 북을 "두둥둥둥, 두둥둥둥" 하고 쳤다. 노래는 상당히 늘어지는 가락으로 여름날 엿가락 늘어지듯 축 늘어지지만, 북소리로 단락을 지어주기 때문에 그런대로 박자가 맞았다. 이 장단에 맞추어 서른 명이 날이 선 칼을 들고 번쩍거리면서 칼을 휘두르는데 손놀림이 어찌나 빠른지 보고만 있어도 등골이 오싹해지는 느낌이 들었다. 앞에도 뒤에도 45센티미터 이내에 사람이 있고 모두 하나같이 위험한 칼을 들고 똑같이 휘두르고 있기 때문에 자칫 장단이 엇갈렸다가는 서로에게 상처를 입히기 십상이었다.

게다가 움직이지 않고서 칼만을 앞뒤, 또는 상하로 휘두른다면 별문제 없겠지만, 서른 명이 한꺼번에 제자리걸음을 하여 옆으로 향할 때가 있다. 빙그르르 돌기도 하고 무릎을 구부릴 때도 있다. 옆 사람이 1초라도 빠르거나 늦는다면 자기 코가 베어나갈지도 모르고 옆 사람의 머리가 떨어져 나갈지도 모를 일이었다.

칼날의 움직임은 자유자재지만, 그 움직임의 범위는 45센티미터 안으로 한정되어 있는 만큼 전후좌우의 사람과 같은 방향, 같은 속도로 휘둘러야 한다. 이 얼마나 놀라운 일인가!

이 춤은 어지간히 오랜 기간의 숙련된 기술이 없으면 장단이 잘 맞지 않는다고 한다. 특히 맞추기 어려운 것은 북 장단이라고 한다. 서른 명의 발동작, 손동작, 허리 구부리는 동작, 이 모든 것이 오로지 북 치는 선생의 장단에 따라 정해진다고 한다.

언뜻 보기에는 이 북 치는 친구가 가장 느긋하게 "야아! 하아!" 하고 태평스럽게 노래를 부르고 있는 것처럼 보이지만 사실은 막중한 책임을 지니고 있으면서 제일 고생을 하고 있다고 하니 참 신기한 일이다.

제6편 난폭한 도련님

중학교와 사범학교의 싸움

나는 멧돼지와 함께 감탄을 해가며 춤을 열심히 구경하고 있었다. 그런데 50미터쯤 떨어진 저편에서 갑자기 "와!" 하는 함성이 들려왔다. 지금까지 질서정연하게 여기저기서 구경을 하고 있던 무리들이 갑자기 물결이 일듯 좌우로 흔들리기 시작했다.

"싸움이다, 싸움이 붙었다!" 하는 소리가 들리더니 사람들 사이를 비집고 빨강셔츠의 동생이 왔다.

"선생님, 또 싸움이 일어났습니다. 중학교 쪽에서 오늘 아침에 당한 보복으로 사범학교 녀석들과 결전을 벌인 모양입니다. 빨리 와 보세요!"

이렇게 말하고는 다시 인파 속을 헤치고 어디론가 사라져버렸다.

"망나니 같은 녀석들, 또 시작이군. 적당히 하고 넘어가지 않고서……."

멧돼지는 이렇게 말하며 달아나는 사람들을 피하면서 뛰어갔다. 보고만 있을 수 없어 말리러 갈 심산인가 보았다. 나 또한 달아날 생각은 없었다. 곧장 멧돼지의 뒤를 좇아 현장으로 달려갔다. 마침 싸움의 열기가 최고조에 달해 있었다.

사범학교 쪽은 오륙십 명 정도나 될까 한데 중학교는 인원이 세 배는 많아 보였다. 사범학생들은 교복을 입고 있지만, 중학생들은 식이 끝난 후에 거의가 기모노로 갈아입었기 때문에 적과 아군이 쉽게 구분이 되었다.

그러나 양편이 뒤엉켜서 엎치락뒤치락하고 있어 어디서부터 어떻게 갈라놓아야 할지 알 수가 없었다. 멧돼지는 난감한 표정으로 이 난리판을 한참 지켜보다가 내게 말했다.

"이렇게 되면 하는 수 없네. 경찰이 오면 시끄러워지니 달려들어 갈라놓는 수밖에."

멧돼지가 나를 향해 이렇게 말하는 것을 듣고 나는 대꾸도 하지 않은 채 제일 격렬해 보이는 싸움에 바로 뛰어들었다.

"그만둬. 그만들 좀 해두라구. 그렇게 폭력을 휘두르면 학교 체면이 뭐가 되나? 어서 그만두지 못해?"

나는 두 무리들을 떼어놓으려고 목청을 높여 소리를 질러대며 나아갔지만, 생각만큼 쉽지가 않았다. 삼사 미터쯤 들어갔더니 오도 가도 못하게 갇혀버렸다. 눈앞에는 덩치가 매우 큰 사범생과 열대여섯 정도 먹어 보이는 중학생이 맞붙어 싸우고 있었다.

"그만두라고 했으면 그만 해야지."

내가 사범생의 어깨를 잡고 억지로 떼어놓으려는 순간, 누군가가 밑에서 내 다리를 걸었다. 갑자기 당한 기습이라 나는 잡았던 어깨를 놓으며 옆으로 쓰러졌다. 딱딱한 구둣발로 내 등 위로 올라탄 녀석이 있었다. 내가 양손과 무릎을 짚고 벌떡 일어나자 올라탔던 놈이 오른쪽으로 굴러 떨어졌다. 일어나 보니 오륙 미터쯤 떨어진 곳에 멧돼지가 학생들 사이에 끼여 밀리면서 소리를 지르고 있었다.

"그만해, 그만해! 싸우지 말란 말이야!"

"이보게, 도저히 안 되겠어."

내가 소리쳐 보았지만 못 들었는지 반응이 없었다.

갑자기 어디선가 기세 좋게 날아온 돌멩이가 내 광대뼈에 부딪히는가 싶었는데, 순간 누군가가 뒤에서 몽둥이로 내 등을 후려갈겼다.

"선생이란 작자가 싸움판에 끼어들었다! 때려라, 때려!" 하는 소리가 들렸다.

"선생은 두 명이다. 덩치가 큰 놈하고 작은 놈이다. 돌을 던져라!" 하는 소리도 들렸다.

"뭐가 어째? 촌놈 주제에 버르장머리가 없군!"

나는 느닷없이 옆에 있던 사범생의 머리를 한 대 갈겨주었다. 돌이 다시 한 번 '횡' 하고 날아왔다. 이번에는 짧게 쳐올린 머리를 스치고 뒤쪽으로 날아갔다. 멧돼지는 어떻게 되었는지 보이질 않았다.

'싸움을 말려볼 요량으로 달려들었지만 이렇게 된 이상은 어떻게 할 수가 없다. 얻어맞고, 돌 세례를 받는다고 해서 내가 순순히 물러날 것 같으냐? 날 어떻게 보는 거냐구? 덩치는 작지만 싸움의 본고장에서 수련을 쌓은 몸이다 이거야.'

나는 이렇게 중얼거리며 닥치는 대로 후려갈기고 얻어맞고 하고 있는데 잠시 후에, "경찰이다. 경찰이 왔다. 튀어라!" 하는 소리가 들렸다.

지금까지 옴짝달싹 못 하던 몸이 갑자기 자유의 몸이 되었다 싶어 보니, 적군, 아군 할 것 없이 한꺼번에 뒤엉켜 달아나버렸다. 촌놈 주제에 도망가는 데는 일가견이 있는가 보다.

나는 멧돼지의 행방이 궁금해서 둘러보았다. 멧돼지는 홑겹 하오리가 갈기갈기 찢겨진 채 저쪽에서 코를 닦고 있었다. 콧잔등을 얻어맞아 코피를 많이 흘렸다고 한다. 코가 잔뜩 부어올라 시뻘개진 데다 몰골이 영 말이 아니었다. 내 옷도 먼지투성이가 되었지만 멧돼지에 비하면 양호한 편이었다. 하지만 뺨이 쓰라려서 견딜 수가 없었다.

"피가 많이 흐르고 있어."

멧돼지가 일러 주었다.

경찰이 열대여섯 명 정도 출동했지만 학생들은 반대편으로 도망갔기 때문에 잡힌 사람은 나와 멧돼지뿐이었다. 우리는 이름을 밝히고 자초지종을 이야기했지만 일단 경찰서까지 동행해 줄 것을 요구했다. 그래서 경찰서까지 가서 서장에게 사건의 전말을 진술한 후에 하숙집으로 돌아왔다.

신문기사

다음날, 잠에서 깨어보니 온몸이 욱신거려 견딜 수가 없었다. 오랜만에 해 본 싸움이라 그런지 뻐근했다. 이래서야 어디 가서 싸움 잘한다고 자랑할 것도 못된다고 생각하며 이불 속에 누워 있는데 하숙집 할멈이 신문을 가지고 와서 머리맡에 놓아두었다. 사실은 신문을 볼 기력조차 없었지만, 엎드린 채 신문을 들쳐보다가 2면 기사를 보고 깜짝 놀랐다. 어제 일어난 패싸움에 대한 기사가 실린 것이다. 싸움 기사가 실린 것은 놀랄 일이 아니지만 다음과 같이 쓰여 있었던 것이다.

'중학교의 교사로 재직 중인 홋타(堀田) 모씨와 최근 도쿄에서 새로 부임해온 신참내기 교사 모 씨가 선량한 학생들을 사주하여 이번 소동을 일으켰다. 뿐만 아니라, 두 사람은 현장에서 학생들을

지휘하고 나아가 사범생들에게 직접 폭력을 행사하기도 하였다.'

기사 바로 뒤에는 이런 내용을 덧붙여 놓았다.

'본 중학교는 예로부터 선량 온순한 기풍을 가진 학교로서 전국 모든 학교의 선망의 대상이었다. 그런데 이 몰상식한 두 사람 때문에 학교의 명예가 훼손되었을 뿐더러 시(市) 전체에 불명예의 오점을 남긴 이상 우리는 모두 한마음으로 그 책임을 묻지 않을 수 없다. 우리가 나서기 전에 당국은 응분의 처분을 내려, 이 무뢰한들이 두 번 다시 교육계에 발을 들여놓지 못하도록 조취를 취해야 할 것이다.'

그리고 글자마다 모두 방점을 찍어서 일부러 강조하고 있었다. 나는 이불 속에서, "똥이나 처 먹어라!' 하고 욕을 내뱉으며 벌떡 일어났다. 이상하게도 방금 전까지 마디마디가 쑤시고 뻐근하던 몸이 갑자기 씻은 듯이 사라지고 몸이 가뿐해졌다.

나는 신문을 돌돌 말아서 마당에 내던졌는데도 분이 풀리지 않아 일부러 화장실까지 갖고 가서 변기 속에다 쳐넣어 버리고 왔다. 신문이 터무니없는 거짓말을 하고 있다. 세상에서 신문처럼 허풍을 떠는 것도 없을 것이다. 내가 해야 할 말을 오히려 저쪽에서 다 해버리고 말다니 기가 막힐 노릇이다. 게다가 신참내기 교사 모 씨라니, 세상에 모 씨라는 성을 가진 사람도 다 있나? 나는 이래뵈도 어엿한 성과 이름을 가지고 있다. 정 못 믿겠다면 족보를 펼쳐서 '다다노 만주(多田滿仲: 912~997, 헤이안 중기의 무장으로 유명한 미나모토노 미쓰나카의 별칭임. 다다(多田) 가문의 시조이기도 함—역주)' 이래 내려오는 조상들을 모조리 보여줄 수도 있단 말이다.

세수를 하고 나니 갑자기 뺨이 욱신거렸다. 거울에 얼굴을 비추어 보니 어제의 상처가 그대로 남아 있었다. 그래도 내게는 소중한 얼굴이다. 얼굴에 상처까지 입고, 신참내기 교사 모 씨라는 모욕적인 말까지 듣다니 더 이상 참을 수가 없었다. 그러나 그 따위 신문기사 한 줄 때문에 학교를 쉬게 된다면 그건 내 얼굴에 먹칠을 하는 거나 다름없다. 내 일생의 불명예다. 그래서 나는 일찌감치 아침을 먹고 일등으로 출근했다. 교무실을 들어서는 사람들마다 나를 보며 웃는다.

'왜 다들 힐끔힐끔 쳐다보는 거야? 내 얼굴이 이렇게 되는 데 지들이 뭐 도와준 거라도 있나?

이런 생각을 하고 있는데 알랑방귀가 다가왔다.

"어이구, 어제 공을 세우시더니만 명예로운 훈장을 얻으셨구만요."

알랑방귀는 송별회에서 얻어맞은 보복을 하려는 건지 되먹지 못하게 빈정거렸다.

"쓸데없는 간섭 그만하고 저리 가서 붓이나 빨고 계시지요."
하며 되받아 쳐주었다.

"이거 죄송하게 되었습니다. 헌데 꽤나 아프시겠는 걸요."

알랑방귀가 또 한마디 했다.

"아프든 말든 내 얼굴이니까 그건 자네가 걱정할 바 아니네."

하며 내가 소리를 꽥 질렀더니 결국 자기 자리로 돌아갔다. 그런 후에도 계속 내 얼굴을 쳐다보며 옆자리의 역사 선생하고 무언가 귓속말을 하며 히죽거리고 있었다.

그런 후에 멧돼지가 출근을 했다. 그의 코를 보니 시퍼렇게 퉁퉁 부어 있어 건드리면 고름이 금시라도 툭 터질 것만 같았다. 우쭐댄 탓인지 내 얼굴보다 더 심한 상처를 입고 있었다. 나와 멧돼지는 책상이 붙어서 나란히 앉아 있을 뿐만 아니라 공교롭게도 그 책상이 출입문과 정면으로 마주 보고 있었다. 퉁퉁 부어 일그러진 두 얼굴이 나란히 앉아서 들어오는 사람들에게 좋은 볼거리를 제공해 주게 된 셈이다. 그리고 교무실 안의 선생들은 심심하면 한 번씩 이쪽을 쳐다보곤 했다.

"어쩌다 이런 봉변을 다 당하시고……."

말은 그렇게 하지만 속으로는 '저 바보 같은 놈들!'이라고 생각할 것이 분명하다. 그렇지 않고서야 저렇게 수군덕거리며 키득거릴 까닭이 없다.

교실에 들어가니 학생들이 박수를 치며 나를 맞이했다. 심지어 "선생님, 만세!' 하는 놈들도 한두 명이 있었다. 인기가 있는 것인지 놀림을 당하는 것인지 나는 알 수가 없었다. 나와 멧돼지가 이렇듯 주위의 이목을 끌고 있는 가운데 유독 빨강셔츠만이 평소와 다름없이 다가 와서 사과투로 말했다.

"참 어이없는 일을 당하셨습니다. 저는 두 분 선생님의 일을 심히 유감스럽게 생각합니다. 신문기사는 교장 선생님과 상의해서 정정 보도를 하려고 절차를 밟고 있으니 염려하지 마세요. 제 동생이 홋타 선생을 모시고 가서 이런 일을 당하셨으니 저로서는 참 면목이 없습니다. 그런 의미에서 이번 사건에 대해서는 힘닿는 데까지 도와드리겠으니 아무쪼록 마음 푸시기 바랍니다."

교장은 세 번째 시간에 교무실에 와서는 다소 걱정하는 기색으로 말했다.

"난처한 기사가 올라왔더군요. 문제가 복잡해지지 않았으면 좋으련만."

나는 걱정 따위 하지 않는다. 만약 면직을 당하게 된다면 그 전에 내가 먼저 사표를 제출할 것이다. 하지만 내가 잘못이 없는데 내 쪽에서 먼저 물러서는 것은 허풍선이 신문사를 더욱더 부추기는 꼴이 되므로 기사를 정정시키고 내가 끝까지 학교에 남는 것이 올바른 처사라고 생각했다. 퇴근길에 신문사에 들러 담판을 지을까 생각도 해 보았지만 학교측에서 정정 보도를 위한 수속을 밟았다고 해서 그만두기로 했다.

나와 멧돼지는 교장과 교감이 비는 시간을 틈타서 사건의 전말을 사실 그대로 차근차근 설명했다. 교장과 교감은 신문사가 학교에 나쁜 감정을 품고 일부러 그런 기사를 실었을 것이라고 결론을 내렸다.

멧돼지의 사직

집으로 돌아가는 길에 멧돼지가 내게 주의를 주었다.

"이봐, 아무래도 빨강셔츠가 수상하니 조심하지 않으면 큰코다칠 걸세."

"원래가 수상한 놈이었지 않나. 그게 뭐 어제오늘 일인가?"

내가 이렇게 대꾸하자, "자네, 눈치 못 챘나? 어제 일부러 우리를 불러내서 싸움판에 몰아넣은 것도 그자의 계략이라니까."

그랬다. 나는 미처 거기까지 생각이 미치지 못했던 것이다. 멧돼지는 거칠어 보이기는 하지만 나보다 지혜로운 사람이라는 생각이 들어 놀라웠다.

"그렇게 싸움을 붙여놓고는 바로 신문사에 손을 써서 그런 기사를 쓰게 만든 거로구나. 정말 교활한 놈이야."

"그럼 신문까지 빨강셔츠가? 그건 정말 충격이네. 하지만 신문사측이 빨강셔츠의 말을 액면 그대로 믿었단 말인가?"

"믿고말고. 신문사에 아는 사람이 있다면야 문제없지."

"그럼 아는 사람이 있단 말인가?"

"없다 해도 문제 될 건 없어. 없는 사실도 그럴듯하게 지어내서 이러 저러하다고 얘기하면 그대로 쓰는 거지, 뭐."

"말도 안 돼. 정말 빨강셔츠의 계략이 확실하다면 우리는 이번 일로 면직 당할지도 모르겠는데?"

"최악의 경우 당할 수도 있지."

"그렇다면 나는 내일 당장 사표를 내고 곧바로 도쿄로 돌아가겠네. 이런 돼먹지 못한 곳에서 하루라도 빨리 뜨고 싶네."

"자네가 사표를 낸다고 해도 빨강셔츠는 눈 하나 깜짝 하지 않을 걸 세."

"그건 그렇군. 그럼 어떻게 그 놈을 혼내주지?"

"그런 교활한 놈은 아무런 증거도 남기지 않으려고 철저하게 일처리 를 하기 때문에 대적하기가 힘들어."

"골치 아프군. 그럼 우린 누명을 쓰게 되는 거잖아, 재수없게. 하늘은 착한 사람을 돕는다던데 과연 누구 편에 서 있는 건지, 원."

"우선 이삼 일 더 동정을 살펴보세. 그래서 상황이 더 나빠지면 온천 거리에서 덮쳐서 족치는 수밖에 없어."

"싸움은 싸움으로 푼다, 이건가?"

"그런 셈이지. 그러면서 이쪽은 이쪽대로 저쪽의 급소를 노리는 거지."

"그게 좋겠군. 나는 계략은 잘 못 세우니 그건 자네에게 일임하겠네. 다른 것은 무슨 일이든 돕겠네."

나와 멧돼지는 이 정도로 이야기를 끝내고 헤어졌다. 멧돼지의 추측대로 과연 빨강셔츠가 이번 일을 꾸민 것이라면 정말 나쁜 놈이다. 도저히 그놈을 머리로는 당해낼 수 없으니 힘으로 밀어붙이는 수밖에 없었다. 그러니 과연 이 세상에 전쟁이 끊이지 않을 법도 하다. 개인끼리도 결국에는 다 주먹으로 해결하려드니 말이다.

이튿날 신문이 오기를 기다렸다가 펴 보니, 정정은 고사하고 취소 기사도 보이지 않았다. 학교에 가서 너구리에게 재촉했더니 내일 정도가 되어야 나올 것이라고 말했다. 다음날이 되자 가장 작은 6호 활자로 조그맣게 취소 기사가 실렸다. 그러나 신문사측 자체에서 정정 기사는 싣지 않았다.

내가 다시 교장에게 가서 항의를 하자 더 이상은 손을 쓸 방도가 없다는 식으로 대답을 했다.

"그러면 제가 가서 신문사 주필에게 항의를 하겠어요."

"그건 안 되네. 자네가 항의를 하면 더 안 좋은 기사만 실릴 뿐이야. 다시 말해서, 신문에 일단 실린 기사는 그것이 거짓이건 사실이건 어떻게 할 수가 없는 거라네. 포기하는 수밖에 도리가 없어."

교장은 스님이 설법하듯이 나에게 타일렀다. 신문이 그런 것이라면 그 따위 것은 하루속히 없애버리는 편이 우리에게 더 유익할 것이 아닌 가.

그 후 사흘쯤 지난 어느 날 오후, 멧돼지가 급하게 찾아왔다.

"드디어 때가 왔네. 내가 저번에 세운 계획을 단행할 생각이야."

"그래, 그럼 나도 동참하겠네."

나는 즉석해서 합세하겠다고 말했다. 그런데 멧돼지는 갸웃거리며 말했다.

"자네는 그만두는 게 좋겠네."

"왜?"

"교장이 자네를 불러 사표를 내라고 하던가?"

"아니, 자네는?"

내가 물었더니 멧돼지는 오늘 교장이 미안하다며 사정이 이리 되었으니 그만둬달라고 했다는 것이다.

"자네와 나는 같이 기념행사 뒤풀이에 가서 고치의 그 번쩍번쩍하는 춤 구경도 하고 함께 싸움을 말리고 그러지 않았나? 사표를 내려거든 공평하게 두 사람에게 다 내라고 하지 왜 자네한테만 그러는 건가? 어째 시골학교는 그런 이치를 모르나 몰라. 어이구, 속 터져."

"그게 바로 빨강셔츠의 술책이라는 걸세. 나는 지금까지의 상황으로 볼 때 나는 그놈한테 눈엣가시였던 게지. 아무리 잘 지내려 해도 내가 말을 잘 듣지 않거든. 하지만 자네는 지금처럼 그냥 두어도 그다지 해가 되지 않는다는 판단을 내린 게지."

"누가 그런 놈하고 잘 지내기나 한다나? 그다지 해가 되지 않는다니 날 뭘로 보고? 흥, 시건방진 놈!"

"자네는 너무 단순해서 그냥 두어도 제멋대로 속여먹을 수 있다고 생각한 것 같네."

"그게 더 기분 나쁘네, 그래. 누가 순순히 넘어갈 줄 알고?"

"그런데다가 고가 선생의 후임자가 사고가 나서 아직 도착하지 못했거든. 그러니 자네와 나를 한꺼번에 쫓아내게 되면 학생들 수업에 차질이 생기기 때문이기도 하다네."

"그렇다면 나를 임시방편으로 이용해먹을 심산이군 그래. 망할 자식! 그 수에 누가 넘어갈까 보냐?"

이튿날 나는 담판을 짓기 위해 학교에 가서 교장실을 찾아 다짜고짜 말했다.

"왜 저한테는 사표를 내라는 말씀을 안 하시는 겁니까?"

"그게 무슨 말인가?"

너구리는 어처구니가 없다는 표정을 지으며 말했다.

"홋타 선생에게는 사표를 내라고 하고 저한테는 안 그러는 게 말이 되는 겁니까?"

"그건, 학교측의 사정으로……."

"그 사정이란 게 틀렸단 말씀입니다. 제가 내지 않아도 된다면 홋타 선생도 낼 필요가 없는 것이지요."

"그 부분에 대한 설명은 할 수가 없네. 홋타 선생이 사표를 내면 그건 어쩔 수 없는 일이지만 자네가 사표를 내야 할 필요는 없는 걸로 아네."

역시 너구리답다. 도무지 알 수 없는 소리만 잔뜩 늘어놓고 게다가 침착하기가 이를 데 없다.

"그렇다면 저도 사표를 내겠습니다. 홋타 선생 혼자서 사표를 내게 하고서 제가 편한 마음으로 지낼 수 있다고 생각하시는지 모르겠지만 저는 그렇게 매정한 인간은 못 됩니다."

"자네, 그건 곤란하네. 홋타 선생도 떠나고 자네까지 그만둔다면 학교의 수학 수업은 어떻게 하라고?"

"수업이야 어찌되건, 그건 제가 알 바 아닙니다."

"자네, 그렇게 고집을 부리면 안 되네. 조금은 학교 사정도 생각해 주어야 하지 않겠나. 게다가 부임한 지 한 달도 채 안 되어 그만둔다고 하면 자네의 경력에도 오점이 남게 된다네. 그 부분도 조금 생각해야 할 걸세."

"경력 따위 아무래도 좋습니다. 제게는 경력보다 의리가 더 중요합니다."

"자네 말이 옳네. 백 번 지당하신 말씀이야. 하지만 내 입장도 조금 헤아려 주게나. 자네가 정 사표를 내겠다면 더 이상은 할말이 없지만 대신 후임자가 올 때까지 만이라도 어떻게 좀 봐줄 수 없겠나? 우선 집에 가서 다시 한 번 잘 생각해 보게."

생각을 고쳐먹으라니, 그럴 수 없는 명명백백한 이유가 있어 사표를 쓰겠다는 것이 아닌가 말이다. 하지만 너구리가 얼굴이 울그락불그락

해가면서 그러는 것을 보니 딱하다는 생각이 들어 일단 다시 한 번 생각해 보기로 하고 물러났다. 빨강셔츠에게는 입도 뻥긋하지 않았다. 어차피 혼내줄 거라면 조용히 있다가 한꺼번에 모아서 왕창 해 주는 것이 좋을 것 같아서였다. 멧돼지에게는 너구리를 찾아가 항의한 얘기를 해 주었다.

"내 그럴 줄 알았네. 아무래도 사표 쓰는 것은 최악의 사태가 올 때까지는 교장의 말대로 따르는 것이 좋을 걸세."

나는 멧돼지의 말대로 했다. 아무래도 멧돼지 쪽이 나보다는 영리하고 상황 판단이 빠를것 같아서 전적으로 그의 충고를 따르기로 한 것이다.

빨강셔츠 퇴치하기

멧돼지는 결국 사표를 제출하고 교직원 전원에게 고별인사를 한 후 선창가의 미나토야까지 내려갔다. 그리고는 아무도 모르게 온천 거리로 돌아와서 마스야 여관 정면 2층에 숨어들었다. 그곳에서 장지에 구멍을 뚫고 밖을 내다보기 시작한 것이다. 이 사실을 아는 사람은 나뿐이었다.

빨강셔츠가 숨어들어 온다면 필경 밤일 것이다. 그것도 초저녁에는 학생들이나 다른 사람의 눈이 있으니 적어도 9시 이후가 되어도 될 것이었다. 처음 이틀 밤은 나도 11시까지 망을 보고 있었는데 빨강셔츠의 그림자도 보이지 않았다. 사흘째는 9시부터 10시 30분까지 지켜보고 있었지만 역시 허탕이었다. 허탕을 치고 한밤중에 하숙집으로 돌아오는 것처럼 허탈한 일은 없었다. 그러기를 너댓새 되었을 즈음, 하숙집 할멈이 약간 걱정이 되었는지 이렇게 충고를 하는 것이었다.

"색시도 있는 사람이 밤 외출은 쪼까 삼가시는 게 좋지 않을랑가 모르겠소이?"

지금 나의 밤 외출은 할멈이 생각하는 그런 것과는 차원이 다르다. 내가 하는 밤 외출은 바로 하늘을 대신해서 천벌을 내리는 그런 차원의 것이다. 그렇긴 해도 일주일이 지나서까지 아무런 소득이 없자 왠지 시큰둥해지기 시작했다. 난 성격이 급해서 한번 열중하기 시작하면 날밤을 새워서라도 하지만 그 대신 무슨 일이든 진득하게 해 본 적이 없다.

엿새째 되는 날에는 약간 싫증이 났고 급기야 이레째 되는 날에는 쉬고 싶은 생각마저 들었다. 하지만 그곳에 가서 멧돼지를 보니 나와는 달리 끄덕도 하지 않는 것이었다. 초저녁에서부터 12시 지나서까지 눈을 장지에다 갖다 대고서 가도야에 매달려 있는 둥근 가스등이 비추는 출입문을 뚫어져라 쳐다보고 있다.

게다가 더욱 놀라운 일은, 오늘은 손님이 몇 명 왔고, 투숙객이 몇 명, 여자가 몇 명 묵었다고 하는 통계까지 내서 내게 보고하는 것이다. 이러다 빨강셔츠가 영영 오지 않는 것이 아니냐고 물으면 가끔씩 팔짱을 끼고는 한숨 섞인 투로, "응, 틀림없이 오긴 올 텐데……" 하고 말했다. 만약 빨강셔츠가 이곳에 한 번도 나타나지 않는다면 멧돼지는 불쌍하게도 자기 일생에서 천벌을 내릴 기회를 놓치는 셈이 되고 만다.

여드레째 되는 날, 나는 저녁 7시쯤 하숙집을 나와서 먼저 천천히 온천욕을 즐긴 후에 거리에서 계란 여덟 개를 샀다. 이것은 하숙집 노파의 감자 공세에 대항한 대비책이다. 나는 계란을 네 개씩 양쪽 소매 속에 넣고 예의 그 빨강수건을 어깨에 걸친 채 팔짱을 끼고서 마스야의 층계를 올라가 멧돼지가 묵고 있는 방 장지문을 열었다.

그랬더니, "이보게, 좋은 소식이야, 좋은 소식!" 하며 돌부처처럼 굳어 있던 멧돼지의 얼굴에 희색이 만연했다. 엊저녁까지도 우울해 보여서 곁에서 보고 있는 나까지 쓸쓸한 기분이 들었는데 오늘 그의 안색을 보니 나까지 기분이 좋아져서 말도 들어보기 전에, "좋았어!" 하고 소리쳤다.

"아까 7시 반 정도에 그 고스즈(小鈴)인가 뭔가 하는 기생이 가도야에 들어갔어."

"빨강셔츠랑 같이 말인가?"

"아닐세."

"그러면 안 되잖아."

"기생이 두 명이었는데……. 아무래도 뭔가 냄새가 나."

"어째서?"

"어째서라니? 그 놈은 약은 놈이니 먼저 기생을 들여보내 놓고 나서 나중에 숨어 들어올지도 모를 일 아닌가?"

"그럴지도 모르겠네. 9시가 다 되었지?"

"지금 9시 12분이야."

멧돼지는 허리띠 사이에서 니켈로 만든 시계를 꺼내 보면서 말했다.

"이보게, 램프를 끄자구. 창가에 까까머리 두 개가 나란히 비치면 이상하게 여길지도 몰라. 여우는 의심이 많은 법이거든."

난 옻칠한 책상 위에 놓여 있던 탁상램프를 훅 불어서 껐다. 별빛에 비친 장지문만이 조금 환할 뿐, 달은 아직 뜨지 않았다. 나는 멧돼지와 함께 장지문에 얼굴을 들이 댄 채 숨을 죽이고 열심히 지켜보았다.

'땡! 하고 9시 반을 알리는 괘종이 울렸다.

"이봐! 오긴 오는 걸까? 오늘 밤 나타나지 않으면 나는 이것으로 끝내겠네."

"나는 내 주머니가 빌 때까지 할 거야."

"돈은 얼마나 있나?"

"오늘까지 여드레치, 5엔 60전을 지불했지. 언제 뛰쳐나가도 지장이 없도록 저녁마다 계산을 하고 있지."

"준비성 하난 철저하군, 그래. 여관에서 이상하게 생각하지는 않나?"

"여관은 아무래도 상관없는데 마음을 놓을 수가 없어서 힘들어."

"그 대신 낮잠은 충분히 자두겠지?"

"낮잠은 자지만 외출을 할 수 없어서 갑갑해 죽을 지경이네."

"천벌 주기도 힘드네 그려. 이러다가 하늘의 법망(法網)마저 뚫려서 빠져나가 버리거나 하면 헛수고가 될 텐데 걱정이야."

"무슨 소리, 오늘 밤엔 꼭 나타날 걸세. 이봐, 어서 와서 저길 좀 봐!"

갑자기 멧돼지가 목소리를 낮추며 부르는 바람에 나는 가슴이 철렁했다. 검은 모자를 눌러쓴 남자가 여관집 가스등 밑에서 위를 올려다보고는 다시 어두운 길 쪽으로 사라졌다. 아무래도 빨강셔츠는 아닌 것 같았다. 허탈감이 몰려왔다. 그러는 동안에 카운터의 시계가 10시를 알리는 종을 사정없이 울려댔다. 오늘 밤도 역시나 허탕인가 보았다.

세상은 쥐죽은 듯 고요했다. 유흥가에서 울리는 북소리가 손에 잡힐 듯 가까이 들려온다. 그제서야 거리 저편 산 너머에서 달이 얼굴을 불쑥 내민다. 그러자 거리가 환해졌다. 갑자기 아래쪽에서 두런두런 사람 말소리가 들리기 시작했다.

창문에서 얼굴을 내밀 수는 없는 노릇이라 정체를 확인할 수는 없었지만 점점 소리의 정체가 가까이로 다가오는 듯했다. 딸각딸각, 나막신 소리가 들렸다. 소리 나는 쪽을 보니, 두 사람의 그림자가 눈앞에 보일 정도로 가까이에 와 있었다.

"방해꾼을 쫓아버렸으니 이제 안심하셔도 됩니다."

틀림없이 알랑방귀의 목소리다.

"힘 쓸 줄만 알았지 도통 요령이라곤 없는 작자니 어쩔 수 없지."

이번에는 빨강셔츠의 목소리였다.

"그 애송이 녀석도 그 바보 같은 놈이랑 닮았지 뭐예요. 그 애송이 녀석은 그래도 의협심 있는 도련님이라 귀엽기는 하더라구요."

"월급 올려줘도 싫다고 하질 않나, 끝까지 사표를 내겠다고 우기니 아무래도 정신이 이상한 놈인 것 같아."

나는 이 말을 듣고 이층 창문에서 뛰어내려 그 두 놈들을 흠씬 두들겨 패주고 싶은 충동이 일었지만 가까스로 억눌렀다. 놈들은 하하하, 웃으면서 가스등 아래를 지나 여관 안으로 들어갔다.

"이보게."

"응."

"왔어."

"드디어 왔군."

"이제야 안심이 되는군."

"짐승만도 못한 알랑방귀 녀석, 날 바보 같은 도련님이라고 했겠다."

"방해꾼이라니 내 얘기 아닌가? 무례하기 짝이 없는 놈 같으니라고."

나와 멧돼지는 두 놈의 귀가 길에 잠복해 기다렸다가 일시에 공격하기로 했다. 그러나 두 놈이 언제 여관을 나올지는 알 수가 없었다. 멧돼지는 아래 카운터로 내려가서 오늘 밤에 어쩌면 볼일이 있어 외출할지도 모르니 문을 열어놓으라고 부탁을 해놓고 왔다. 지금 생각해 보면 여관집에서 용케 승낙을 했다는 생각이 든다. 도둑으로 오해받기 십상일 텐데 말이다.

빨강서츠가 오기만을 기다리는 일도 괴로웠지만, 안에서 나오기를 꼼짝 않고 기다리는 일 또한 만만치 않게 괴로운 일이었다. 잘 수도 없는 노릇이고, 시종일관 창문 틈으로 내다보고 있자니 보통 힘든 게 아니었다. 이래저래 마음이 안정되지 않고 조바심이 나서 견딜 수가 없었다. 지금까지 나는 그런 마음고생은 해 본 적이 없었다. 그래서 차라리 여관을 기습해서 현장을 덮치자고 했지만 멧돼지는 한마디로 내 제안을 묵살해버렸다.

"우리가 이런 시간에 뛰어 들어가 난동을 부리면 불량배로 몰려서 우리 목적도 달성하지 못한 채 중간에 붙잡히게 될 게 뻔하네. 또 여관 사람에게 사정 이야기를 하고 그 놈들을 만난다고 하면 분명히 없다고 회피하거나 다른 방으로 빼돌릴 수도 있어. 느닷없이 뛰어들어 덮친다 하더라도 수십 개의 방들 중에서 어디에 있는지 알 수가 없는 노릇 아 닌가? 답답해도 나오기를 기다리는 수밖에 달리 방법이 없다네."

그리하여 가까스로 새벽 5시까지 꾹 참고 기다렸다. 여관에서 막 나 오는 두 사람의 그림자를 보자마자 나와 멧돼지는 곧장 아래로 뛰어 내 려가 그들의 뒤를 밟기 시작했다. 첫 기차가 오려면 아직도 멀었기 때 문에 두 사람은 성 안까지 걸어가야 했다. 온천 거리를 벗어나면 가로 수가 두 줄로 100미터쯤 늘어서 있고 그 양옆으로는 논이 펼쳐져 있다. 그곳을 지나면 여기저기에 초가집이 흩어져 있고 논 한가운데를 가로 질러 죽 가면 곧바로 성으로 넘어가는 언덕이 나온다. 시가지만 벗어나 면 어디서 따라 붙어도 상관은 없었으나 되도록이면 인적이 드문 전나 무 가로수에서 붙잡으려고 숨바꼭질 하듯 뒤따라갔다.

거리를 벗어나자마자 우리는 좀더 속도를 내서 빠른 걸음으로 그들 을 따라 붙었다. 우리가 가까이 가자 그제서야 무슨 일인가 싶어 놀라 서 뒤돌아보는 놈의 어깨를 꽉 붙들며 말했다.

"꼼짝 마라!"

알랑방귀는 당황한 나머지 달아나려 했으나 내가 앞길을 막아섰다.

"한 학교의 교감씩이나 되는 양반께서 어째서 여관방에서 나오시는 겁니까?"

멧돼지는 바로 호통을 치기 시작했다.

"교감은 여관에 묵으면 안 된다는 규칙이라도 있습니까?"

빨강셔츠는 여전히 공손한 말투로 말했다. 그러나 안색은 다소 창백해 보였다.

"풍기가 문란해진다고 해서 국수집과 경단 가게마저 출입을 금할 정도로 신중하고 정직한 분이 어째서 기생과 함께 여관에 묵으시는가?"

알랑방귀는 그러는 틈을 타서 달아날 기회만 호시탐탐 엿보고 있어서 나는 앞을 가로막고 서 있었다.

"바보 같은 도련님이라고 했나?"

내가 소리를 쳤더니 나를 두고 한 말이 아니라고 뻔뻔스럽게 딱 잡아떼며 궁색한 변명을 늘어놓고 있었다. 그때 문득 정신을 차려보니 나는 양손으로 소매 자락을 꼭 쥐고 있었다. 놈들 뒤를 쫓아올 때 소매 속의 계란이 서로 부딪혀 깨질까 봐 양손으로 꼭 붙잡고 왔던 것이다. 나는 이때다 싶어 소매 속에서 계란 두 개를 꺼내어 알랑방귀의 얼굴을 향해, "얍!" 하는 기합 소리를 내며 냅다 던졌다.

계란이 퍽, 하고 깨지면서 알랑방귀의 콧등에서부터 노른자가 줄줄 아래로 흘러내렸다. 알랑방귀는 어지간히 놀랐는지 뒤로 쿵, 하고 엉덩방아를 찧으며 살려달라고 애원했다. 나는 계란을 먹으려고 샀지 이렇게 던지려고 소매 속에 넣어두었던 것은 아니었다. 다만 홧김에 나도 모르게 그만 던져버린 것이다. 그러나 알랑방귀가 엉덩방아를 찧는 것을 보자 비로소 내가 잘했다는 생각이 들어 욕을 해대며 남은 계란

여섯 개를 알랑방귀를 향해 마구 던져댔다. 그랬더니 알랑방귀의 얼굴이 온통 샛노랗게 변해 버렸다. 알랑방귀가 계란 세례를 받는 동안 멧돼지와 빨강셔츠는 아직도 한창 담판 중이었다.

"내가 기생하고 여관에 묵었다는 증거라도 있습니까?"

"입 닥쳐!"

그러면서 멧돼지는 주먹을 한방 날렸다. 빨강셔츠는 비틀거리면서 이렇게 말했다.

"이런 무례한 짓을! 이건 명백한 폭행이라구! 옳고 그른 걸 따지지도 않고 이렇게 주먹으로 해결하려 들다니 이런 깡패 같은 짓거리가 어디 있는가?"

"그래 난 깡패다. 어쩔래?"

멧돼지는 이렇게 말하며 또 한방을 먹였다.

"너 같이 못된 놈은 맞아야 정신을 차리지."

하면서 퍽, 퍽 주먹을 날리고 있다.

나도 덩달아서 알랑방귀를 흠씬 두들겨 패주었다. 나중에는 두 놈이 나란히 전나무 밑둥에 웅크리고 앉아서 꿈쩍도 하지 않았다. 몸을 가누지 못하는 건지, 하늘이 노랗게 될 정도로 어지러운 건지 달아날 생각조차 하지 않는 것 같았다.

"그만하면 충분한가? 모자라면 더 패줄 수도 있지."

그리고서 또 둘이서 두들겨 패주었다. 빨강셔츠는 이제 충분하니 그만하라고 애원했다.

내가 알랑방귀를 향해서, "네 놈도 충분하냐?"고 물으니 충분하다고 대답했다.

"네 녀석들은 교활한 놈들이라 이렇게 천벌을 받는 것이다. 이번 일로 각성하고 조심하는 게 좋을걸. 교묘한 말솜씨를 아무리 부려봐야 정의는 항상 승리하는 법이다."

두 녀석들은 멧돼지가 하는 말을 잠자코 듣고 있었다. 어쩌면 입을 떼는 것조차도 힘들었는지 모르겠다.

"나는 도망가거나 숨을 생각도 없다. 오늘 밤 다섯 시까지 부둣가 미나토야 여관에 있을 것이다. 할말이 있으면 경찰이든 누구든 보내라."

멧돼지가 이렇게 말하기에 나도 얼떨결에 한마디 덧붙였다.

"나 역시 숨거나 도망칠 생각이 없다. 홋타 선생과 같은 장소에서 기다리고 있을 테니 경찰에 신고하고 싶으면 마음대로 해라."

이렇게 말하고 나서 둘이서 가벼운 발걸음으로 그 자리를 떠났다.

귀경

내가 하숙집에 돌아온 것은 아침 7시가 조금 못 된 시간이었다. 내가 방에 들어가서 곧바로 짐을 꾸리기 시작하자 할멈이 무슨 일인가 싶어 놀라 물었다.

"할머니, 도쿄에 가서 마누라를 데려오려구요."

그렇게 말하고는 계산을 마치고 곧바로 기차를 타고 부둣가로 와서 미나토야에 도착하니 멧돼지는 이층에서 자고 있었다. 나는 당장 사표를 쓰려고 했으나 어떻게 써야 할지 몰라서 다음과 같이 적어서 교장 앞으로 우송했다.

'본인의 사정으로 학교를 사직하고 도쿄로 돌아가기를 청하오니 부디 허락하여 주시기 바랍니다. 이상.'

증기선은 저녁 6시 출항 예정이었다. 몹시 지친 멧돼지와 내가 한참 늘어지게 자고 일어나니 어느새 오후 2시였다. 종업원에게 물어보니 경찰은 오지 않았다고 했다.

"그 놈들이 신고를 안 했네."

이렇게 말하며 둘이서 한바탕 크게 웃었다.

그날 밤 멧돼지와 나는 이 지긋지긋한 고장을 떠났다. 배가 부둣가에서 멀어지면 멀어질수록 마음이 홀가분해졌다. 고베(神戸)에서 도쿄까지는 직행으로 와서 신바시(新橋)에 도착했을 때는 비로소 사람 사는 세상으로 나온 것 같은 기분이 들었다.

멧돼지와는 그 길로 헤어져서 지금껏 만나지 못하고 있다.

그러고 보니 기요 이야기를 잊고 있었다. 나는 도쿄에 도착하자마자 가방을 든 채로 곧바로 기요를 찾아갔다.

"기요, 나 돌아왔어."

"아이고, 이게 누구세요? 우리 도련님 아니십니까? 정말 빨리 돌아와 주셨네요."

이렇게 말하며 기요는 눈물을 뚝뚝 흘렸다. 나도 너무 기쁜 나머지 이렇게 말했다.

"이제 시골에는 가지 않겠어. 도쿄에서 기요랑 함께 살 테야."

그 후로 나는 아는 사람의 주선으로 도쿄시 철도회사의 기수로 취직하게 되었다. 월급은 25엔이고 집세는 6엔이었다. 비록 멋진 대문이 달린 으리으리한 집은 아니었지만 기요는 나와 함께 지내며 몹시 행복해

했다. 그러다 가엾게도 금년 2월에 폐렴으로 세상을 뜨고 말았다. 죽기 전날, 기요는 나를 불러 이렇게 말했다.

"도련님, 제 마지막 소원인데요, 제가 죽거들랑 도련님 댁 절에 저를 묻어 주세요. 무덤 속에서 도련님이 오시기만을 낙 삼아 기다리고 있을 게요."

지금 기요는 고히나타(小日向)에 있는 절 요겐지(養源寺)에 잠들어 있다.

작가와 작품 해설

나쓰메 소세키의 생애와 작품 세계

우리는 흔히 위대한 작가를 일컬어 문호라 부른다.

나쓰메 소세키는 1916년에 49세로 생을 마감하였다. 그가 세상을 뜬 지 90년 가까이 되는 셈이다. 그동안 그의 수많은 작품들이 여러 차례에 걸쳐 개정 · 출판되었고, 특히 『나는 고양이로소이다』, 『풀 베개』, 『산시로』, 『마음』 등의 작품들은 오늘날까지도 독자들에게 널리 사랑받고 있다. 그 중에서도 『도련님』은 특히 젊은 층들로부터 많은 사랑을 받고 있어 매년 신문사에서 실시하는 애독서 목록에서 항상 상위권을 차지하고 있다.

필자 역시도 중학생 시절에 주인공인 도련님의 통쾌한 언행에 매료

되어 읽었던 기억이 있다. 그 후에도 여러 번 읽게 되는 과정에서 그 재미 안에 내포된 작가의 여러 가지 생각들을 읽어낼 수 있게 되었다. 또한 이 작품을 계기로 소세키의 다른 작품도 즐겨 읽게 되었다.

『도련님』은 특히 젊은 시절에 읽으면 흥미진진하지만, 그 후 한참의 시간이 흐른 뒤에 다시 읽어 보면 그 재미가 더욱 새록새록 와 닿아서 인생이나 세상살이에 대해서 많은 교훈을 얻게 된다. 이렇듯 소세키의 작품은 거의 모두라고 해도 좋을 만큼 흥미로운 내용 중에 인생에 대한 깊은 교훈들을 담고 있다. 소세키 작품의 그러한 매력이 그의 작품 생명을 오래도록 유지시키며 사랑받는 이유일 것이다. 이러한 작가야말로 글 첫머리에서 언급했듯이 '문호'의 칭호가 어울리는 작가가 아닐까 하는 생각이 든다.

나쓰메 소세키는 1867년 1월 5일에 도쿄 신주쿠에서 태어났다. 나쓰메의 집안은 지금으로 말하면 지방자치 장에 해당하는 세력가 집안이었다. 소세키는 그 집안의 5남 3녀 중 막내로 태어났고 본명은 긴노스케(金之助)였다. 그는 출생 직후부터 고물상을 운영하는 집에 수양아들로 보내졌다가 다시 자기 집으로 돌아왔으며 또다시 아홉 살까지 양자로 보내지게 되는 등 불안정한 유년 시절을 보내게 된다.

어린 시절의 소세키는 초등학교 시절부터 한학(漢學)을 좋아했고, 그래서 중학교를 중퇴한 후에 한학 전문학교인 니쇼가쿠샤(二松學舍)에 다니게 된다. 그러나 당시는 서구 문명을 한참 받아들이는 문명개화의 물결이 일던 시기였다. 사회 활동을 위해서는 영어가 필요하다는 형의 충고를 받아들여 그다지 좋아하지 않던 영어학교인 세이리쓰가쿠샤(成立學舍)로 옮기게 된다. 그러나 그가 좋아했던 한학은 후에 그의 문학에 지대한 영향을 미치게 된다.

그가 제1고등중학교 본과에 입학할 당시에는 자신의 취미와도 맞고 사회 생활에도 유용하다는 판단에 건축을 전공할 생각이었다. 그러나 친한 친구로부터 '지금 일본에서는 세인트폴 대사원과 같이 후세에 길이 남을 만한 훌륭한 건축물을 만들기 힘들다. 그러나 문학 분야에서는 아직도 해야 할 일이 무궁무진하다' 라는 충고를 듣게 된다. 소세키 자신도 문학에 뜻이 있었기에 그때 문학으로 지망을 굳히게 된다.

그가 대학을 다니던 시절, 마사오카 시키(正岡子規)와 친하게 지내며 서로의 문장에 대해서 비평을 하였는데 그때 처음으로 '소세키' 라는 필명을 사용하게 된다. 이 필명은 억지를 부린다는 뜻의 '침류수석(枕流漱石)' 이라는 중국 속담에서 유래된 것이다. 중국 진(晋)나라 초기에 손초(孫楚)라는 사람이 속세를 떠나 시골로 은거하면서 친구에게 '나는 돌을 베개 삼고 시냇물로 양치질하는 생활을 하며 지내려하네' 라고 말한다는 것이 거꾸로 '나는 시냇물을 베개 삼고(枕流) 돌로 양치질 하려(漱石) 한다네' 라고 하며 억지를 부렸다는 고사에서 따온 것이다. 원래부터 괴짜 기질이 다분했던 소세키에게 실로 어울리는 아호라 할 수 있겠다.

1893년에 도쿄(東京) 데이코쿠 대학 영문과를 졸업한 소세키는 도쿄 고등사범학교(후의 도쿄교육대학)의 교사를 지냈고, 1895년 4월에 시코쿠(四國)의 마쓰야마중학교 교사가 되었다. 지금으로 말하면 중앙의 관립대학교의 교사가 멀리 지방의 중학교나 고등학교 교사로 간 것이기 때문에 거기에는 무언가 사연이 있었을 것으로 추측된다. 그에 대해 도회지의 소음을 떠나 문학을 깊이 생각하고 싶었다는 설, 문학 연구를 위한 해외 유학 비용을 마련하기 위해서, 또는 실연 때문에 도시를 떠났다는 등 여러 가지 설이 난무하지만 무엇 하나 확실한 것은 없다. 다만 마쓰야마는 절친한 친구 마사오카 시키의 고향이다. 무엇보다 그 사실이 소세키를 그리로 이끈 것이 아닐까 하는 것이 가장 유력한 이유로 보인다.

마사오카 시키는 도쿄에서 하이쿠의 길을 열심히 가고 있었다. 그러나 때마침 터진 청일전쟁 때문에 일본신문사의 종군기자로서 중국으로 건너가게 된다. 그러나 병으로 인해 다시 마쓰야마로 돌아온다. 그곳에서 잠시 동안 소세키와 함께 지내면서 하이쿠를 열심히 썼으며 소세키도 그때 다작(多作)을 하게 된다. 그것이 소세키의 문학적 밑거름이 된 것이다.

마쓰야마에서 1년 동안 생활하면서 쌓은 견문이 10년 후에 『도련님』을 쓰게 되는 계기를 마련해 주었다. 그는 그 후 구마모토(熊本)의 제5고등학교 교사로서 1900년까지 4년 간을 지내게 되고 그동안 결혼도 하게 된다. 하이쿠도 열심히 쓰고 틈틈이 여행도 하면서 그로 인해 얻은 소재로 후에 『풀 베개』, 『210일』을 쓰게 된다.

1900년에 일본 문부성 장학생으로 뽑혀 영국으로 유학을 가게 된 소세키는 런던에서 문학에 대해 깊이 탐구를 하게 되는데 그때 심한 신경 쇠약을 앓게 된다. 2년 여의 유학 생활을 마치고 1903년 1월에 귀국하여 제1고등학교와 도쿄데이코쿠대학의 교단에 서게 된다.

1905년 1월에 우연히 다카하마 기요시(高浜虛子)의 권유로 쓰게 된 『나는 고양이로소이다』의 제1장이 『호토도기스(두견새)』라는 잡지 1월호에 실리자마자 호평을 받아, 단번에 소세키는 문필가로서 명성을 떨치게 된다. 그 소설 연재와 함께 4월호에 『도련님』이 실리게 되면서 그의 명성은 더욱 높아져 간다.

1907년에 아사히신문사(朝日新聞社)에 들어가면서 소세키는 대학 강단을 떠나 작가 생활로 접어들게 된다. 그때부터 『개양귀비』, 『갱부(坑夫)』, 『산시로』, 『문』, 『그 후』, 『피안너머까지』, 『마음』, 『노방초』 등의 명작들을 발표한다. 그러다가 1916년 12월 9일에 『명암』을 연재하던 중에 49세를 일기로 생을 마감하게 된다.

작품 줄거리 및 해설

소세키는 스물여덟 살에 마쓰야마(松山)중학교의 교사가 되어 그곳에서 1년 여를 지냈다. 그때의 경험을 바탕으로 해서 창의력을 가미하여 쓴 것이 바로 『도련님』이다.

이 작품 중에는 주인공이자 수학 교사인 도련님 외에 교장인 너구리,

교감인 빨강셔츠, 영어 교사인 끝물호박, 아첨꾼인 미술 교사 알랑방귀, 남자다운 뚝심을 지닌 수학 주임 멧돼지 등이 등장하여 활약하는데 그 모델이 될 만한 교사가 실제로 있었던 것은 아닌 것 같다. 단지 일반적으로 생각하는 좋은 교사와 나쁜 교사의 유형을 작가 나름의 방식을 통해 그린 것으로 보인다. 그의 편지 속에 나타난 다음과 같은 내용을 통해 미루어 짐작해 볼 수 있겠다.

> '멧돼지와 같은 남자는 중학교나 고등학교는 물론 대학교에서도 좀처럼 보기 힘든 타입이다. 그러나 알랑방귀 같은 타입의 인간들은 도처에 널려 있다. 나는 중학교에서도 2, 3명 이런 타입의 인간들을 본 적이 있으나 고등학교에서는 그 정도로 심한 사람은 없었던 것 같다. 그 이유는 어쩌면 고등학교에서는 교장에게 그리 잘 보일 필요가 없기 때문이 아닐까 싶다. 멧돼지와 도련님 같은 타입의 인간이 드문 것은, 만약 그런 사람들이 실제로 존재한다면 틀림없이 면직감일 것이므로 찾아보기 힘든 것이 아닐까 생각한다. 흔히 전형적인 교육자상 내지는 교육자로서의 적임자로 인식되는 너구리나 빨강셔츠보다는 교육자로서 부적절하다고 여겨지는 멧돼지나 도련님 같은 사람을 나는 사랑한다.'

아마 독자들도 그와 똑같은 생각일 것이다. 그래서 도련님이나 멧돼지의 솔직담백함과 정의감에 넘친 당당함, 외곬수적인 성격이나 행동에 공감을 느낀 독자들이 이 작품을 사랑해 주는 것이 아닐까.

이 작품은 주인공인 도련님의 성장과정을 그리고 있다. 타고난 악동 기질 때문에 가족의 구박을 받고 따돌림을 당하지만 하녀인 기요만은 '솔직하고 대쪽같은 기질'을 가졌다고 칭찬해 주며 도련님에게 각별한 애정을 쏟는다. 기요를 당시의 몰락한 명문가의 딸로 설정하고 있는데, 그것은 작가 자신의 집안 역시 명문가에서 메이지 유신의 영향으로 몰락했다는 사실과 무관하지 않을 것이다. 또한 주인공과 의기투합했던 멧돼지를 '아이즈' 출신으로 그리고 있는데, 이 지역은 도쿠가와(德川) 가문을 위해 목숨을 바친 '백호 부대'로 유명한 영지이다. 때문에 일본에서 아이즈 출신이라고 하면 기골이 장대한 인물로 통한다.

반면에 도련님을 도쿄 출신인 에돗코로 그리고 있는데 알랑방귀 역시도 에돗코로 그리고 있다. 같은 에돗코 출신이라 해도 담백하고 솔직한 도련님과는 정반대로 비열하고 경박스러운 알랑방귀 같은 인간도 있다는 사실을 나타내고 싶었던 것으로 보인다.

이 책에서 도련님은 '나'라는 1인칭 대명사로 일관하고 있지만 주인공의 이름은 어디에도 나오지 않는다. 따라서 독자들 가운데는 작가 자신의 체험을 그린 것으로 생각하는 사람도 있는 것 같다. 그도 그럴 것이 본문 중에는 '시코쿠 근처의 중학교'라든가, '지도에서 보면 해안' 등과 같이 확실한 지명을 사용하지 않고 온천도 '스미다'라는 가명을 사용하고 있다. 등장인물이 사용하는 방언 역시 소세키가 교편을 잡고 있던 지역의 방언이다.

이렇듯 이 작품은 이러한 지방 도시를 무대로 하고 있으며 순수한 마음으로 세상과 타협하지 않고 부조리에 맞서는 주인공의 정의감에는, 허위를 증오하고 도의를 구하는 작가의 마음을 그대로 반영하고 있다.

이 작품의 구성은 명쾌하다. 겉과 속이 다른 빨강셔츠와 그의 추종자인 알랑방귀, 여기에 맞서는 정의파 멧돼지와 그 사이에서 오로지 자신의 안위만을 추구하는 너구리 교장이 있고 그 속에서 마돈나 쟁취 사건이 벌어지는데 도련님이 정의파에 가담하면서 사건은 점차 확산된다. 게다가 도련님과 학생들 간의 사건이 겹쳐지면서 점점 더 흥미를 더해간다.

이 소설은 전체적으로 사실성보다도 희화성(익살스러움)에 바탕을 둔 희극적인 터치의 굵은 선을 유지하고 있다. 게다가 해학과 풍자가 짙게 깔려 있다. 섬세한 심리 묘사를 피해 군더더기 없는 산뜻함이 느껴지는 작품이다. 따라서 일본 문학에 있어서 유머 소설의 대표작으로 손꼽을 만하다.

이 작품은 이러한 매력으로 인해 오랜 세월 변함없이 사랑받고 있는 것 같다. 또한 『도련님』의 저변에 흐르고 있는 도의(道義)의 정신은 이후 소세키의 문학 속에서 일관적으로 흐르는 사상이라고 할 수 있겠다.

— 『도련님』의 매력

후쿠다 기요토(福田 淸人, 아동문학가)

작가 연보

1867년   2월 9일, 도쿄(東京)에서 태어났고 본명은 긴노스케(金之
             助). 출생 후 곧바로 수양아들로 보내짐.

1868년(1세)   시오바라 마사노스케(塩原昌之助)의 양자로 입양.

1874년(7세)   12월, 아사쿠사의 도다(戶多)초등학교 입학.

1876년(9세)   생가로 돌아옴. 이치가야(市谷)초등학교 전학.

1878년(11세) 2월, 『마사시게론(正成論)』을 쓰고 친구와 잡지 발간.

             4월, 이치가야초등학교 졸업

1879년(12세) 도쿄부립(東京府立) 다이이치중학교(第一中學校) 입학.

1881년(14세) 1월, 모친 사망. 중학교 중퇴. 고지마치(麴町)에 있는 니쇼
             (二松)학교로 전학하여 한문학(漢文學) 수학.

1883년(16세) 10월, 대학 입학을 위해 간다(神田) 스루가다이(駿河臺)의
             세이리쓰(成立)학교에서 영어 수학.

1884년(17세) 9월, 대학 예과에 입학

1886년(19세) 7월, 복막염으로 유급(留級).

             9월, 고토기주쿠(江東義塾)의 교사가 됨.

1888년(21세) 1월, 나쓰메(夏目) 집안으로 복적(復籍).

             7월, 다이이치고등중학교(第一高等中學校) 예과 졸업.

             9월, 다이이치고등중학교(第一高等中學校) 본과 영문과

진학.

1889년(22세) 1월, 마사오카 시키(正岡子規)를 만나 친교 나눔. 그에게
문학적 영감 얻음.

5월, 마사오카 시키의 『시치소슈(七草集)』를 한문으로
비평. 최초로 '소세키(漱石)' 라는 필명 사용

1890년(23세) 7월, 다이이치고등중학교 본과 졸업.

9월, 도쿄데이코쿠대학(東京帝國大學) 영문과 입학.

1891년(24세) 7월, 특대생이 됨. 『호조키(方丈記)』 영역(英譯). 마사오
카 시키에게 하이쿠(俳句)를 사사받음.

1892년(25세) 5월, 도쿄전문학교(東京專門學校) 강사가 됨.

1893년(26세) 7월, 도쿄데이코쿠대학 영문과 졸업 후 동대학원 입학.

10월, 도쿄고등사범학교(東京高等師範學校) 영어 교사
로 부임.

1895년(28세) 4월, 마쓰야마중학(松山中學) 교사로 부임. 하이쿠에 열
중.

1896년(29세) 4월, 구마모토(熊本)의 제5고등학교로 부임.

6월, 나카네 교코(中根鏡子)와 결혼.

1897년(30세) 6월, 부친 나쓰메 고헤에(夏目小兵衛) 사망.

1899년(32세) 5월, 장녀 후데코(筆子) 출생.

1900년(33세) 5월, 문부성 영국 유학생으로 발탁.

1901년(34세) 1월, 차녀, 쓰네코(恒子) 출생. 『문학론』 집필 결심. 신경

쇠약으로 고투.

1903년(36세) 1월, 영국에서 귀국. 도쿄데이코쿠·다이이치고등학교 강사로 부임. 삼녀에 이코(榮子) 출생.

1905년(38세) 1월, 『나는 고양이로소이다』를 발표.

　　　　　　12월, 4녀 아이코(愛子) 출생.

1906년(39세) 4월, 『도련님』 발표.

　　　　　　9월, 『풀 베개』 발표.

1907년(40세) 4월, 교사 사직. 아사히신문사(朝日新聞社)에 입사.

　　　　　　6월, 장남 준이치(純一) 출생. 『개양귀비』를 아사히신문에 연재.

1908년(41세) 아사히신문에 『산시로』 연재.

　　　　　　12월, 차남 신로쿠(伸六) 출생.

1909년(42세) 아사히신문에 『그 후』 연재.

1910년(43세) 3월, 5녀 히나코 출생. 위궤양으로 투병 생활 시작.

1911년(44세) 2월, 문부성으로부터 문학박사 칭호를 받았으나 거절.

1912년(45세) 아사히신문에 『피안너머까지』 『행인』 연재.

1914년(47세) 아사히신문에 『마음』 연재.

1915년(48세) 아사히신문에 『유리문 안』 『노방초』 연재.

1916년(49세) 아사히신문에 『명암』 연재.

　　　　　　12월 9일 사망